伊犁记忆

艾克拜尔·米吉提 著

作家出版社

目 录

2

伊犁记忆

伊犁是一种记忆。

记得在我儿时，这是一个生满白杨的城市。那密布城市的白杨树，与云层低语。鸟儿们在高耸的树上筑巢，雏鸟求食的叽鸣声和归巢的群鸟，给树与云的对语平添了几许色彩。树下是流淌的小河，淙淙流入庭院，流向那边的果园……

去年秋天，我回到伊犁，朋友们在新近改建的新城区一家餐馆请我吃饭。我几乎已经认不出这里来了。城市的确焕然一新，路变得宽了，楼变得高了，树变得矮了，那满城的白杨树早已不复存在，举目望去，似乎在城市的边沿才能觅得她熟悉的倩影。

那天，天气晴好，阳光灿烂。虽说已是秋日，在伊犁特有的阳光直射下，那群楼与玻璃体墙幕、马赛克贴面、柏油路和水泥马路、铺满路旁人行道上的瓷砖都在反射着阳光的温热。有一种熟悉的感觉倏忽闪过。我问朋友们，夏天，这一带会不会很热？他们脱口而出，热，热岛效应。我为他们如此现代的用语感到惊讶。看来，地球确实处于信息时代。连词汇都变得一致起来。我想象得出那种热浪袭人的感觉。在北京，人们也在讨论城市热岛效应给生活带来的影响。这也是世界性的现代城市通病。北京正在采取积极措施，扩大城市绿地，增加植树面积，恢复古都循环水系，保护古都风貌，努力使城市的热岛效应弱化。是的，当温饱问题解决以后，人的生活质量问题摆在了首位……

二十世纪八十年代中期，我曾经陪同已故著名评论家唐达成先生走过伊犁。那是一个下午，当我们驱车顺着独库公路攀缘而上，最终停驻在巩乃斯河谷与喀什河谷源头的分水岭——天山雪线的刹那，唐达成先生几乎是在呼喊：中国的电影艺术家们上哪儿去了?! 中国的摄影艺术家们上哪儿去了?! 为什么不到这里来?! 我忽然发现，先生其实是诗人气质，在我心中不经意间涌过一丝暖流。此刻的光线极好，空气的透明度极高，举目望去，那莽莽苍苍的群山逶迤而去，拱起一座座洁白的雪峰，与蓝天相映成辉；那郁郁葱葱的针叶林和乔木，那舒展而去的高山草原，在西斜的阳光下，那苍翠欲滴的绿色，竟幻化出千种万种的绿来。这是一个纯净赋予力的世界。先生是个书法家，此刻他又沉浸在一种挥毫的境界与冲动中……

前年夏天，我又一次游历巩乃斯河谷与喀什河谷。河谷源头的旅游点增多了，还盖起了许多红红绿绿的建筑。这里不需要景点，你的视线随意投向任何一个方向，都会将最美的景色尽收眼底。与我同行的来自北京的朋友们说，如果将这里的任意一条山谷原封不动移到北京郊区，那绝对会成为京城一大胜景。此刻，喧哗的河流舒卷着洁白的浪花，一任奔流而去。在森林的怀抱里，散落的星星点点的旅游点中游人如织。牵着马儿来的牧人之子，已告别了昔日的羞赧，正在招揽骑马照相的生意，并向旅游点出售马溲。是的，生活会教会人们一切。看上去他们对这一活路的认知是认真的。

晚上的篝火晚会就像燃烧的火苗一样热烈，现代音乐的旋律轰响在山谷间。清晨，当雾霭散去，踩着露珠在林间散步时，无意中发现随意扔弃的矿泉水瓶、软包装食品袋，还有那些碎啤酒瓶、早已走了形的空易拉罐，河边枝条上垂挂着各色塑料袋，正迎着河面的清风徐徐飘扬。在旅游点旁，搭了一座小木桥，伸延到水面便收住了。此时，一位身着靓丽服饰的服务小姐走上这座小桥，清晨的金色阳光映衬着她青春的身影，是那样动人。她手拎一个红塑料桶，似乎是要汲水。然而，当她姿态十分优雅地将桶底倒倾过来时，一桶垃圾便泄进了琼浆玉液般流淌的喀什河里。我不免有些愕然。看来，旅游与生态环境保护的矛盾在这里也开始显现。其实，这个矛盾并不是不可逾越的。真正要使旅游业长兴不衰，应该自觉保护生态环境。

那是 1976 年夏天，我第一次来到昭苏草原。我为眼前的景色惊诧不已。那种辽远、开阔的高原绿色真让人不可思议。在远离海洋的亚洲腹地，居然还有如此一方一望无际的湿润的绿色世界，真正让人不可思议。也许这就是大自然的神奇造化。

这样辽远、开阔的高原绿色，后来当我翻越昆仑山口，在昆仑山脉和唐古拉山脉之间的青藏高原，我又一次目睹；在翻越北疆与南疆的过渡地带居勒都斯——巴音布鲁克草原时，再次领略。

所不同的是，在昭苏，草地下覆盖着的是黑土层，土地肥沃得可以捏出油来。牧草长势旺盛，在那里牧养的畜群，就像在天堂徜徉。

那天，我们乘着北京212越野吉普——当时最豪华的越野车驶过一片草原时，看到一群牧民扛锹背锨，策马驱牛而去。不远处，更多的人正在挖掘一道壕堑。我不解地问，这些牧民在挖什么。显然，那不是灌溉渠系。陪同我们的县委宣传部的同志介绍说，学习内蒙古乌审昭经验，在库伦挖草。

多年以后，我也曾游历内蒙古。除去北部大草原，南部和西部草原草场退化、沙化，成为覆盖京城的沙尘暴的策源地之一。乌审昭就处在这种沙化草原地带。所以，他们创造性地探索出草库伦经验，把沙化草地一片片地围起来轮牧。在当时，对于乌审昭，这一做法无疑是成功的。但对于昭苏这样自然地理环境独特的草原，就未必适宜。可是在当时我们做了。这就是那个时代的僵化思维特点。感谢十一届三中全会，解放思想，实事求是，改革开放，使我们走到了今天。

那时（1972年），我刚刚从插队的生产队走上公社机关干部的岗位。公社书记吴元生同志，人非常好。他是浙江人，二十世纪五十年代初就来到伊犁，学会了维吾尔语。虽然开口说起来，他的维吾尔语颇带浙江口音，但听读方面他的维吾尔语水平几乎无可挑剔。他随时随地都可以和维吾尔族社员进行沟通，打成一片。那天，我作为他带领的工作组成员进驻波斯唐

（绿洲）大队。工作组任务单一，那就是和社员们一起去噶麦村北挖排水渠。

这一带过去属沼泽地，地下水位很高，影响粮食生产，另外还要把芦苇荡开垦成新的良田。那是秋后的农闲时节，伊犁河两岸山脉雪线低垂，河谷里早晚都已经有了霜冻。来到排水沟工地时，可以清晰地看见晶莹的冰凌上折射着晚秋清晨的阳光。我的心头不觉不寒而栗。当人们还在卷着莫合烟的时候，吴元生同志卷起裤腿赤脚第一个跳进排水渠开始挥锹了。我看着他瘦瘦弱弱的躯体，也跟着跳进了排水渠。我的双腿好像被火舌燎了一下，那种切肤之痛迅即直袭脑门。但我忍住了。我发现随后下来的人没有谁吭一声，都在开始默默地挥锹挖泥……

而今，沼泽与湿地被认为是地球的肺叶，它们对气候与环境有着直接影响，全世界都在积极保护。我国东北三江平原上原来计划进行农业开发的大片湿地，现在也被保护起来了。而地下水位则在普遍下降，人们在千方百计地恢复地下水位。毕竟，这个蓝色星球的淡水资源有限。

1981年春天，我作为伊犁哈萨克自治州委支援春耕生产工作队成员，来到伊犁河彼岸的察布查尔锡伯自治县。从河的对岸回望十分熟悉的伊宁市的轮廓，却有一种新奇而陌生的感觉。

我顿然觉得，看来，人要不断跳出自己熟悉的环境，才能有所发现。而且，人要不断地易位思考，才会有新的收获。

我随工作组几乎走遍了察布查尔县的每一个村落。我到过察渠的龙口，聆听"牛禄"（昔日的戍营，现在的乡）里的那些锡伯族老人无限自豪地讲述他们的先辈是如何开挖这条灌溉渠系的；走进他们的农家庭院，看到他们精心编织的苇席铺在土炕上，生活温馨而自足。

在海努克乡东边，我们检查一条从山谷溪流中引出的灌溉渠。我第一次看到在伊犁河谷的山脉中，竟然也深藏着干涸的河床。不过，那河床留有昔日水流的蚀痕。我不无疑惑地问当地人，这条河怎么是枯的。

他们说，老弟，你有所不知，水和树是连在一起的。这条山沟里的树已被用剃头刀剃过似的砍光了。过去水丰时，骑马人是难以过河的。现在可好，树被砍光了，一汪一汪的山泉消失了，河水也就枯了。留下的那一点眼泪般的细水，勉强被我们引上来浇地。

显然，如今风靡于世的环保意识，其实出自人对生存环境恶化的忧虑与警觉。现在，环保已成为国策，国民的环保意识普遍开始提高，发展不能以牺牲环境为代价，已成为全社会上下的共识。我想，走可持续发展之路，这才是根本。

伊犁是一种记忆。

每次从京城回家，只要时间许可，我都要执意从乌鲁木齐乘车回伊犁，为的是重新走过我记忆中的世界。

是的，每当从三台附近的缓山背后汽车跃出浅谷的刹那，在眼前蓦然展现的，是与沿途赤裸的山脉、褐色的戈壁、偶或闪过的绿洲截然不同的另一种记忆的世界。就连天的蓝色与山顶的积云都与众不同。这种蔚蓝与洁白的记忆，始终在我的眼前浮动，宛若梦境。

夏日里，一片充满生命律动的绿色，让你周身的血液与赛里木湖的水波一起涌动，一种甜蜜，一种欣喜，一种松弛自心底漾起，在周身缓缓弥漫开来，最终让你沉浸在一种感觉中，也许这就是由衷地从心底赞叹的感觉。

冬日里，在那一片白色中，逶迤的群山之襟，垂挂着墨色的云杉丛林，在苍穹之下，给人以一种沉静，一种感悟，一种启示。雪被下的山与岭的线条都显得那样柔和，让人怦然心动，心头感到无比的温暖。的确，这里的冬景都是这样的无与伦比。

《长春真人西游记》在记述道家先尊丘处机于公元1221年农历九月二十五日途经赛里木湖畔时，不无赞叹道："忽有一池，方圆几二百里，雪峰环之，倒影池中，师名之曰天池。延池正南下，右峰峦峭拔，松桦阴森，高逾百尺，自巅及麓，何啻万株。众流入峡，奔腾汹涌，曲折弯环，可六七十里……薄暮宿峡中。翌日方出，入东西大川。水草盈秀，天气似春。"丘处机则即兴赋诗留下了"天池海在山头上，百里镜空含万象"的诗句。

林则徐当年被充军经过这里，也写下了具有赞美诗般富有韵味的日记。徐公沿途郁积的心情，在这里变得豁然开朗，充满阳光。或许是他被贬谪以来难得拥有的几天好心情。

面对这里独特的美景，林则徐在日记里大加赞美，那几天的日记充满了抒情的笔调。让人觉着，林则徐不仅仅是一位虎门销烟的民族英雄，更是一位抒情诗人。

的确，当沿着不可思议的赛里木湖驶过那个看似十分低矮的松树头子隘口时，又是一番全新景象舒展在眼前。莽莽苍苍的群山，密布的森林，舒缓的草原，刹那间奔向你来，令你猝不及防，令你目不暇接。应当说，那不只是一种记忆，那是一种气势，那是一种境界，那是一种胸怀。于是，伊犁的门扉就从这里为你开启……

2003.8

牧羊人和鱼

　　人们说"阿勒泰"一名的由来，在哈萨克语中是"六月"的意思。就是说，这里冬有六月，春夏秋三季也只有六月。

　　阿勒泰的冬天的确漫长。然而春天毕竟姗姗来临——河套里婀娜的白桦林粉色秀枝上绽出了新绿。群山已经复苏过来，正在缓缓褪去白色冬装。于是，所有的河水奔腾咆哮起来，恣肆纵横，变得浑浊不堪。河面上漂流着被连根拔起的树木。

　　渐渐地，夏天来临了，鱼汛来临了。河水也开始变清。

　　六月末的一天，我的朋友开来一辆北京吉普，接我一道去阿勒卡别克河口与额尔齐斯河交汇处的渔场观光。

蜿蜒的额尔齐斯河发源于横亘东西的阿勒泰山的条条冰川峡谷，汇集成九条支流融作这条潺缓流动的大河向西而去，流入俄罗斯境内的斋桑泊，复而折向北方，滔滔千里汇入鄂比河，奔向遥远的北冰洋。

每当五六月间鱼汛来临，大批的哲罗鲑、江鳕、鲟鳇鱼、丁岁鱼、狗鲑从斋桑泊及下鄂比河溯流而上，来到额尔齐斯河上游的各条支流产卵，甚至远达阿勒泰山深处的喀纳斯湖。鱼群中有的鱼种竟来自那被冰封雪盖的北冰洋——在中国，唯有在额尔齐斯河才能见到北冰洋鱼系的鱼的踪迹。

吉普车驶出哈巴河县城，沿着哈巴河宽阔的河套边缘向阿勒泰山麓丘陵驶去。确切地说，是向哈巴河冲出峡谷的咽喉处驶去——那里有一座连接着两岸的桥梁。在一道如诗如梦的绿色丛林的河套里逶迤伸延，最终消融在一片依稀可辨的额尔齐斯河的丛林中。那便是河床——哈巴河水穿流于丛林之间，于是划出了大大小小的绿色洲岛……

真美！我入迷地望着车窗外边的世界。

朋友说，是美。不过，真正的美景还在哈巴河上游——在阿勒泰山腹地。那里叫白哈巴，那里的河水是蓝绿色的，有如一川玉液在流动，看着舒卷的河水就让人心醉。翻过白哈巴东面的山梁，你便会发现，隐匿于博勒巴岱山峰背后的，便是那神奇的喀纳斯湖了。哦……，我时常独自思忖，那里一准是天堂的所在……

那我一定要去的。我说，一定要去看看这个天堂的所在。

朋友笑了。一言为定，我一定让您去那仙境里神游。只是眼下还得先带您去渔场——阿勒卡别克河口的风景也不错。如果您的运气不坏，说不定我还会托您的福尝尝多年未曾吃过的手抓鱼肉的滋味儿。

"什么？手抓鱼肉？"我着实吃了一惊。作为一个哈萨克族人，我是熟知手抓羊肉的，可怎么也不敢相信自己的耳朵——天底下居然还有一方的哈萨克会用同样的方式来吃鱼肉。尽管我在阿勒泰度过的这个漫长的冬天耳闻目睹了许多闻所未闻的奇闻轶事，对这里的一切似乎开始熟悉起来，但这事乍一听来依然让我感到那样不可思议。

"你是在说手抓鱼肉？"我终于忍不住再次问道。

看来我的表情一定显得过于惊讶，抑或是朋友看透了我的心思，只见他诡谲地笑笑，说：

"您大概听说过那句'人众事定成，水深则必没'的哈萨克格言吧？"

"当然，听说过。"我有点莫名其妙。

"可您听说过这句格言的由来吗?"

说实在的,我还真不知道。我只得承认自己的孤陋寡闻。

"那么,请允许我来给您讲一讲,反正路还漫长,您也不会寂寞了。"

……

这都是过去的故事。

多年以前,在我们哈巴河下阿勒泰地区(哈萨克人将阿勒泰分为上、下阿勒泰地区,上阿勒泰为额尔齐斯河上游两县,下阿勒泰为布尔津、哈巴河等县)有一位绅士。我的朋友娓娓叙说起来。他有一个嗜好,喜欢收集格言、民谚、智者名言。

他的收集方式的确非常独特——每年盛夏,当所有的人都转往夏牧场时,他便要在美丽的喀纳斯湖畔举行盛宴,邀请各方名流智者赴宴。而他的宴席上没有别的,有的只是从喀纳斯湖里刚刚捕捞上来的大红鱼(哲罗鲑),用从喀纳斯湖里舀来的白水加盐煮熟,用木盆盛上稀面请各路来宾品味手抓鱼肉。宴毕,这位绅士便要请每位贵宾即兴说一句前人未曾说过的格言,然后再加以品评。谁的格言韵律优美,意境深刻,谁便将获得一匹快马的奖赏,他的美名也将会随着这匹快马在草原上远扬;如果有谁想不出一句新的格言,众人便会把他扔进喀纳斯湖里,让他浑身湿透再爬上岸来。这是规矩,也算是对他愚蠢的一种惩罚。久而久之，这一天便成为喀纳斯湖畔的盛大节日。

这一年喀纳斯湖畔的节日如期举行。绅士照例摆下了丰盛的手抓鱼肉宴，便请每位贵宾当众献智。来宾们依次起身道出一句句新的格言。应当说，这是他们一年来心智的结晶。自从上一年的喀纳斯湖畔聚会，他们便在为今天的节日做着准备。每位来宾都还算顺利。他们的格言虽称不上隽永，但也别有一番意味。

忽然，该轮到一位谁也不曾注意的牧羊老人了。他是把羊群赶到湖边来饮水的，一看到这里的聚会，为了凑趣丢下羊群加入了宴席。起初，他只是想享用一顿绅士的手抓鲑鱼肉，再悄悄赶回自己羊群边上去，岂知被贵宾们一句句美妙的格言迷住了，竟忘了自己的初衷。现在可好，该轮到他了——在众目睽睽之下早已没了退路。无奈，他张了张嘴一句话也说不出来。毕竟是没有经历过这种场面的牧羊人，他一定深深地感到懊悔了——本不该丢下羊群跑到这里来，眼下一切都晚了。慌乱中，他只得用恳求的目光望着绅士，望着众人……

然而，节日就是节日，为了节日的欢乐，节日的规矩必须严守。

于是，众人围拢过来，将牧羊老人高高地举在头顶，由绅士在前面引路，人群缓缓地向湖岸移去。

老人望着蔚蓝色的湖水彻底绝望了。就在人群走抵湖岸，准备将这位不走运的牧羊老人抛进湖水的当儿，牧羊人突然大呼起来："求求你们了，亲兄弟们，放了我吧——人众事定成，水深则必没。你们瞧，你们的众力让我难以抵抗，再不要把我丢进水里让我遭受没顶之灾。放了我吧，亲兄弟们……"

人群顿时安静下来，绅士的双眸也大放光彩。他当即宣布，今年的节日产生的最佳格言就是这一句了，那匹快马当属于这位牧羊老人……

吉普车早已不知不觉穿过哈巴河与阿勒卡别克河之间的广袤原野，来到了坐落于阿勒卡别克河口的渔场。这是一个小小的村落，好像只有十来户人家。阿勒卡别克河就在村边消失了，接纳她的是汪洋一片的额尔齐斯河。在银光闪闪的河心，有几叶小舟在撒网。大概船主们看见客人到了，只见他们匆匆收网向岸边划来，片刻以后便靠近了小码头，将他们的小船一条条拴在一棵硕大的杨树干上，变戏法似的从小船上拎下来七八条大鱼——确切地说，那些鱼是被他们一条条抱下船来的。

额尔齐斯河里居然会有这船大鱼，我真有些不敢相信自己的眼睛。这些哈萨克汉子倒是十分爽快，冲我便说，有福分的客人光临时，连圈里的羊都会产双羔——您可真是好运气，我们很久没有捕到这样的大鱼了（不过在从前，这些鱼也只不过是通常的鱼了）。您的朋友告诉我们您要到渔场来看看，我们还真有些担心会让您尝不到我们的手抓鱼肉呢……

你们是不是也要让我出一句格言不可，否则把我扔进额尔齐斯河里去？我笑着打断了他们的话。

渔民和我的朋友几乎开怀大笑起来。

我的朋友说，很抱歉，那位绅士是用喀纳斯湖的水来煮的大红鱼，这才是规矩。可惜这里很难捕到大红鱼了。好在额尔齐斯河里也流淌着喀纳斯湖的水，所以手抓鱼肉一定会很香的。他们捕到的江鳕、鲟鳇鱼，都是些不错的鱼种，肯定刺少而味道极佳。

于是，我亲眼目睹了他们是怎样舀来额尔齐斯河水，只放了一把盐进去。随着锅水的滚沸，那诱人的鱼香在这渔家小小的屋宇萦回。主人说，鱼肉就像七月的羔肉一样细嫩，经不起火煮。不一会儿，香喷喷的手抓鱼肉便端了下来。鱼肉无须用刀削，我们用手抓着津津有味地品尝起来。令我惊奇的是，至今我仍对这一顿手抓鱼肉的美味记忆犹新……

我们终于告别了这些热情的渔民启程返回。临别时，他们非要送我一条大鱼不可，我只得领情，但我又有些惶然——不知道该如何处置这条大鱼是好。我的朋友却劝我只管放心，他自有绝招，待到了县上便一会儿就能把它拾掇好。

我的朋友果然帮我将那条大鱼开膛破肚，用细细的篾条撑开来涂抹上精盐挂好。他说只消两三天就可以风干，到时您可以安然带回家去和家人一道品尝。

两天以后我的朋友过来看看鱼是否干了。他摘下挂在墙上的鱼大惊失色。原来那鱼已经烂了一半。我的朋友只是一个劲地说：您看看，您看看，我怎么忘了那句古话，鱼从头上烂起，人从足下入邪。那天我怎么就忘了将这鱼头切了呢……

我却说，得，您已经说出了一句格言，我不会再把您扔进河里去了。

我的朋友放声大笑起来。

然而我想，眼下毕竟是夏天了，尽管阿勒泰的夏天非常短暂。

1990.7

歌者与《玛纳斯》

——活着的"荷马"居素甫·玛玛依

当你第一眼看去，一个饱经风霜却又十分安详的柯尔克孜老人的面庞和一双透着深邃而又宁静、智慧而又锐敏目光的眼睛，不由得令你肃然起敬。他就是八十五岁高龄的我国著名的柯尔克孜族史诗《玛纳斯》的演唱者——居素普·玛玛依。八部十八卷二十三万五千行的浩繁史诗《玛纳斯》就在他记忆深处涌动，与他一腔激情交织在一起，就像一座活火山，炽热的诗行随时都要从他喉咙中喷涌而出……

　　老人还会吟诵十几种几十万行的柯尔克孜和哈萨克族的长篇史诗。他就是一个活着的史诗库，或者说，他就是当今活着的"荷马"。

　　我是带着一个摄制组随同他一起来到老人的故乡——新疆阿合奇县的。我们准备为他拍摄一个电视专题片《歌者》。阿合奇县坐落在两条著名山脉中间的河谷里，北边是逶迤起伏的天山山脉的余脉，南边是隆起的帕米尔高原，两山之间的谷地被称为卡克夏勒。

　　"卡克夏勒"一词在当地柯尔克孜的传说中一般被解释为"干旱少雨的山区"。这里虽然干旱少雨，但其境北天山山脉南坡山系山峰林立、终年积雪、冰川覆盖，蔚为奇观。山系间沟壑纵横，河流交织，冰川之水滋润着辽阔的山地草场。从西向东贯穿谷地的是一条奔腾咆哮的大河，即为塔里木河源头的一支——托什干河，当地又称之为"卡克夏勒河"。

　　卡克夏勒谷地是柯尔克孜族世代居住之地，有众多历史文化遗迹。居素普·玛玛依就出生在这里，他是从卡克夏勒谷地升起的一颗耀眼的巨星。

　　卡克夏勒自古就是《玛纳斯》史诗的主要流传地区之一，与《玛纳斯》史诗相关的传说俯拾即是。这些传说无疑把《玛纳斯》与卡克夏勒谷地更为紧密地联系在一起，使这里显得越发神秘和富有传奇色彩。

生活在卡克夏勒谷地的柯尔克孜族人民，自古以来就以善言辞、好娱乐、长于民间游戏而著称。就像《玛纳斯》史诗中所描述的古代柯尔克孜族一样，他们一有安宁与空闲，就按照祖辈的习惯举办各种婚典、祭祀等大型活动，在草原上支起一排排雪白的毡房，进行叼羊、赛马活动，到了晚上，人们围坐在一起聆听民间史诗歌手们演唱《玛纳斯》等柯尔克孜族民间史诗。有时还举办史诗演唱竞赛活动，这种竞赛甚至成为一种时尚。专门演唱《玛纳斯》史诗的歌手，被人们尊称为"玛纳斯奇"而受到人们的景仰……

居素普·玛玛依回到故乡的消息不胫而走，迅速传遍草原。

每到一处，当地的领导来了。

乡亲们纷纷前来拜望。

母亲们举着手中的婴儿，争相让他抚摸孩子的前额，为孩子祝福。她们相信得到过他祝福的孩子将来一定会有智慧、带来好运和福佑；他的衣服被乡亲们争相要走，他们相信穿上他的衣服，会得到他的智慧和超人的神力；有人甚至不失时机地伸出腕来让他把脉，在他们心目中他又是一位手到病除的仙医。而他从不怠慢一位乡亲，认真满足族胞们提出的每个微小的请求。

人们脸上流露出的真诚与喜悦之情，让我深受感动。由此可以看出《玛纳斯》史诗在柯尔克孜人民心目中的神圣影响，和居素普·玛玛依作为《玛纳斯》史诗歌者的崇高地位。

的确，《玛纳斯》史诗是柯尔克孜文化艺术和民族精神的巅峰。在柯尔克孜族看来，最杰出的艺术家是"玛纳斯奇"——《玛纳斯》史诗歌者。《玛纳斯》史诗以口头形式产生并以口头形式代代相传，直到二十世纪仍然以口头形态存活于著名"玛纳斯奇"们的口耳相传中。而"玛纳斯奇"们的名字被柯尔克孜民众铭记和代代传颂，成为备受人们尊敬、崇拜的人物，在柯尔克孜文化史中享有无可替代的地位。

出类拔萃的"玛纳斯奇"被称为"琼玛纳斯奇"，即"大玛纳斯奇"。他们是一些罕见的具有超常记忆力、非凡想象力、无与伦比的语言驾驭能力和即兴创作能力的歌者，不仅熟稔史诗全部的情节和细节、错综复杂的人物关系，而且能够在整体叙事框架内尽情发挥、淋漓尽致地演唱，从而达到一种完美的艺术境界，最终创造出自己独特的、经得起听众审视的史诗变体，形成《玛纳斯》史诗完整的艺术范本，在听众中产生广泛影响，深受人们的尊敬和喜爱。人们往往把他们的名字同史诗本身联系在一起予以传颂，并赋予他们许多神秘的色彩，乃至把他们神圣化。居素普·玛玛依就是我们所看到的"大玛纳斯奇"中的典型代表,是真正的大师级"玛纳斯奇"。

在刚刚过去的二十世纪,对于口头流传了上千年的《玛纳斯》史诗以及一生传颂史诗的"玛纳斯奇"们来说,甚至对于习惯于倾听史诗雄浑的演唱气氛的柯尔克孜民族的听众来说,可能都是一个值得回顾和思索的世纪。因为只有到了这一世纪,许多杰出"玛纳斯奇"演唱的内容才开始从口头形态被记录为书面语言,从鲜活的原生态走向固定的文本形态。

在他们中间,居素普·玛玛依可以说是最幸运的一位,他把柯尔克孜族人民祖祖辈辈视为民族之魂的《玛纳斯》史诗带入了科学技术高度发展的信息时代,把一个古老的、对于很多民族,尤其是西方民族来说早已不复存在的史诗演唱这一神圣的艺术形态传承到了今天。也许他是世界上最后一位融会贯通的《玛纳斯》演唱大师。

我和摄制组的人跟随居素普·玛玛依走遍卡克夏勒谷地,探访他那昔日的足迹。

这个面积为四百八十多平方公里的四面环山、狭长的山谷地带早在东汉时期就出现在我国史书记载中,被称为尉头国,属于西域都护府管辖,柯尔克孜族先民从我国五代(907—960年)开始就居住在这方土地上繁衍生息。

卡克夏勒谷地还是古丝绸之路的一个重要通道。古丝绸之路中路从长安出发到达库车后，经阿克苏、乌什，从卡克夏勒西北部的别迭里山口通往中亚。据说早在汉代，张骞通西域时已凿空此道，成为连接中亚与新疆南部各地的主要交通线，在历史上曾繁荣一时，从这条古道迄今尚存的多处古驿站、兵站、烽火台遗址中便可略见一斑。

生活在这里的柯尔克孜族人民在漫长的历史发展过程中创造了独特而优秀的文化，这些文化现象以其独有的魅力成为全体柯尔克孜族人民精神文化的一部分，在整个柯尔克孜族文化史上占据着十分重要的位置。而他们最引以为豪的，就是在这一方土地上产生的史诗《玛纳斯》了，这也是中华民族文化的骄傲。

令人惊异的是，卡克夏勒谷地遍布与《玛纳斯》史诗相关的"穆兹布尔恰克之墓""色尔哈克之墓""阿克库拉骏马的拴马桩""阿勒曼别特之墓""巴卡依的神树""阿勒曼别特的白色褡裢""玛纳斯四十勇士所栽的四十棵树"等历史遗迹。所有这些，《玛纳斯》史诗均娓娓道来，那些英雄的名字如雷贯耳，振聋发聩，史诗和现实在这里如此令人难以置信地糅合在一起，不觉让人如痴如醉，如幻如梦。

在阿合奇县城东咆哮的卡克夏勒河畔长有四十棵古树。人们称这些树为"玛纳斯的四十棵树"或是"四十勇士的四十棵树"。据说,这四十棵树是由跟随玛纳斯东征西战的四十位勇士所栽。这四十棵树由于与史诗内容有关,因此也受到人们的敬仰与保护。

一进入卡克夏勒谷口,在阿合奇县城东部的色帕尔巴依乡的阔阔尼西克地方,有一座位于褐色山襟的古墓,这就是穆兹布尔恰克之墓。墓地南部高山悬崖处生长一株千年古树,树干径围约两米,枝繁叶茂,树冠如云。立于树下可听到地下泉水叮咚作响(声响效果),仿佛有一股清泉汩汩流出。

穆兹布尔恰克是英雄玛纳斯的哈萨克族战将,在远征中阵亡,在队伍远征返回途中路经阔阔尼西克时被玛纳斯安葬于此地。

在卡克夏勒谷地西北边的麦尔凯奇村阿克布江地方山脚下有一座用石块堆起的被称为"色尔哈克之墓"的大型古堆墓,这是玛纳斯统领的英雄色尔哈克。传说中安放英雄色尔哈克的坐骑铁勒克孜勒骏马头骨的地方——"吐勒帕尔的头骨",也被当地人朝拜和景仰。

在色尔哈克墓北面深山里的一块开阔地上,还有一处被称为"阿克库拉的拴马桩"的地方——有三块毡房大小的巨石,呈三角形状跨河而卧,据说,当年玛纳斯曾在这三块石头上拴过自己的坐骑阿克库拉骏马……

一切就像在昨天刚刚发生，而又如此真实地呈现在你眼前。

显然，"玛纳斯奇"是柯尔克孜民间最受欢迎和尊敬的人，也可以说他们是柯尔克孜民间说唱艺术的集大成者，他们以演唱《玛纳斯》史诗为唯一职业。不过，在今天，除了居素普·玛玛依，柯尔克孜草原已经没有一位专门以演唱《玛纳斯》为生的人了。应当说，居素普·玛玛依就是《玛纳斯》史诗，《玛纳斯》史诗就是柯尔克孜人民的灵魂。

《玛纳斯》史诗无疑在柯尔克孜人民心目中依然是不可替代的艺术高峰，但由于文本的出现，他们在越来越快节奏的生活方式中开始转向借助阅读去品味和欣赏史诗的无穷魅力。

居素普·玛玛依老了，虽然所有的诗行在他胸中涌动，但是，他的体力已经不允许他进行演唱。

其他史诗演唱艺人已不能像往昔那样尽情发挥自己的演唱才能，在听众的热情鼓励下滔滔不绝地演唱《玛纳斯》史诗。一部口承史诗的生命力其实是史诗受众——一个民族的听众赋予的。没有柯尔克孜民族的听众，史诗《玛纳斯》不可能流传至今。但随着时光的推移，即便是在卡克夏勒谷地，史诗演唱活动的土壤正在逐渐弱化，造就新一代杰出史诗歌者的可能似乎越发变得渺茫。

这或许是在新的世纪我们必将面临的现实。

居素普·玛玛依与哑妻阿依提布比并无子嗣。一位能够吟诵几十万行史诗的语言大师，与他的哑妻平静地生活了几十年。

也许，这就是生活的真谛所在。

2002.5

　　瓦尔纳是保加利亚美丽的海滨城市，金沙滩便是这座城市享有盛誉的消夏旅游胜地。只是那年我们中国作家代表团来到这里已是十月末了，错过了她夏日的辉煌，秋的脚步已然踏上海滨。那巨大的橡树在夕阳中撑着金伞，随着从黑海上徐徐吹来的风，抖落满枝的橡实。

　　海滨沙滩上人影寥寥，这里的确堪称金沙滩——沙滩平缓开阔，那金色的细沙宛如海水般柔软细腻，黑海的细浪深情地涌上金沙滩，浅唱低吟，复又款款退回海的怀抱。远处码头上聚着几位垂钓者。更远的海面上泊着几艘铅色的巨轮。鸥鸟不时地剪过阳光。

忽然，同行的一位朋友俯身捧起一捧细沙，仔细地从细沙里择出什么，不无神秘地向我们炫耀：瞧，这是什么？

是一块比米粒略大的绿色晶体，竟是那般晶莹，那般玲珑，透着某种陌生的辉光。另一位朋友是古董专家，他深谙中国古瓷器与南京的雨花石。但面对这块绿色晶体，他也疑惑了。

不一会儿，我们都有了收获，甚至添了几块浅褐色的晶体，这些晶体是一样的光洁，一样的明丽。我们不无欢愉地相互调侃，这一定是黑海海底的宝藏，被海浪淘上金沙滩的……

翻译和那位保加利亚朋友随后赶了上来，我们极有兴致地戏言让他来鉴别所获的宝物。这位年轻人接过我们手中的宝物，略一过眼，便十分老到地判定，是一把啤酒瓶渣。

他说，是那些轮船上的水手，饮罢啤酒乘兴顺手将酒瓶扔到海里，于是，酒瓶被海底的暗涌粉碎，那尖利的碎片被海水揉去了毕露锋芒，淘洗得光滑如玉，方被海浪送上沙滩……

我彻底被震惊了。放眼望去，黑海茫茫。轻柔的海浪从海心深处涌起，一道道一层层，嬉戏追逐，携手漫上沙滩，复又退去。

　　此时此刻，我忽然领悟到，在这个世界上，最柔莫过于水了——真正的力量原来也是蕴藏于这海水一般无边的柔里，难怪古人深叹"水能载舟，亦能覆舟"。

　　我默默地将手中的宝物奉还海浪，心中暗暗感谢黑海给了我一次真正的启迪……

1994.10

葡萄沟·绣花女

我们一行人终于离开烈日炎炎的千佛洞,从火焰山下的酷热中来到久负盛名的葡萄沟。坐在碧泉清池辉映的葡萄架下,细细品尝甘甜可口的无核白葡萄,顿觉阵阵凉意扑面而来,浑身的疲惫与燥热悄然散去。

与我们同行的几位客人,此刻各个都显得那样兴奋。我的朋友——来自马来西亚的维吾尔族女作家永乐多斯,已经起身向悬挂于葡萄架下的一排排民族刺绣手工艺品走去。我这才惊奇地发现,那些粗犷飘逸的图案均是出自草原哈萨克人之手的，让我感到十分亲切。是的，那些图案是我自幼就熟悉了的，可以说早就融进我的血液，成为我灵魂的一部分。不知怎么会步入这块远离草原的葡萄沟的葡萄架下。

永乐多斯正在向我招手。看来她又遇到了语言障碍。她生长于台湾，嫁到马来西亚，只能听懂简单的几句维吾尔语，新疆此行常常需要我的语言帮助。原来她是想给小女儿买套绣花坎肩。问那货主还有无其他款式可供挑选，货主说，就在葡萄园那一头有一家哈萨克人的毡房，你们索性去哈萨克人那儿挑选好了，这些都是从他那儿来的。

这就更奇了，哈萨克人的毡房怎么又迁到葡萄沟的葡萄园里来了呢？说实在的，此时此刻我比永乐多斯更急于一睹这座哈萨克人家毡房的风采。那几个朋友听说我们要寻访一个新去处，纷纷起身要一同前往。

葡萄沟的葡萄园绵延无尽，那由拱顶式的葡萄架构成的绿色长廊深远幽静。顺着绿色长廊的走势拐了几弯，一座洁白的毡房赫然映入眼帘，那毡壁上硕大的盘羊角型图案尤为醒目。只是那毡房与葡萄园一样的寂静无声。

当我们走进毡房时，不禁被那琳琅满目的手工艺品迷住了，朋友们爱不释手地翻看各自喜欢的什物。我却注意到在柜台后边旁若无人地正在埋头刺绣的一位姑娘。那是一块黑丝绒布，纯粹传统的民族图案，姑娘巧手如织，显然是在刺绣一块新娘的壁挂。

"你好，小妹妹。"我用哈萨克语对那姑娘说，"你的手真巧，你从哪里来？"

姑娘抬头略带羞涩地莞尔一笑，说："从木垒县来。"

"那你就是古丽娜孜的徒弟喽。"我笑着说。木垒县是遐迩闻名的哈萨克手工艺品之乡，古丽娜孜正是木垒县民族工艺刺绣厂厂长，她凭自己精湛的刺绣手艺，远渡重洋去过日本现场演示。姑娘含笑颔首。"你叫什么名字？"我问姑娘。

"杨彩霞。"

"什么？"我简直有点不相信自己的耳朵，"莫非你不是哈萨克人？"

"我是第十三个克烈之女，大哥。"姑娘笑道。

哈萨克人中只有十二个克烈部落，而在新疆长期生活在哈萨克牧区的汉族同胞，常常友善地戏称自己是第十三个克烈部落。我不禁为姑娘的巧手、机智和她那说得一口地道的哈萨克语折服。我紧紧握住了姑娘的手，说："感谢你，小妹妹，祝你的巧手永远灵巧……"

朋友们的兴致更高了。他们也纷纷过来与这位彩霞姑娘握手，一个个为她精美的手艺赞叹不已。而彩霞姑娘也为能在自己这座哈萨克人的毡房里迎接来自祖国宝岛台湾的手足同胞不胜欢喜。在这时，有人提议应与这位巧手姑娘合影留念。于是，就在这座挂满民族刺绣工艺品的毡房里，我们一行簇拥着这位彩霞姑娘合了个影。当闪光灯银光闪过之后，不知有谁说了一声："好！这可是一张全家福了。"引来大家一片欢笑。

永乐多斯果然选到了给她小女儿称心如意的绣花坎肩，朋友们也都各有所得。于是，我们告别了毡房，告别了彩霞姑娘，漫步在浓荫覆盖的葡萄园里，一路撒下欢声笑语。

1995.10

作为文人的赛福鼎·艾则孜

当然，人们熟悉的是作为国家领导人的赛福鼎·艾则孜。了解作为文人的赛福鼎·艾则孜的人也许还不太多。不过对于这一点，在维吾尔语文化圈里人人早已熟知，并且倍感亲切。迄今为止，他已出版了长篇历史小说《苏图克·布格拉汗》（1987），并获第三届（1985—1987）全国少数民族文学创作奖；音乐历史剧《阿曼尼萨叶》（1980），以此作改编拍摄的同名电影，荣获1994年"五个一工程"优秀电影奖；传记小说《天山雄鹰》（1988）；小说散文集《神仙老人》（1987）；回忆录《生命的史诗》第一、第二部（1991），第三部待出；话剧剧本《血的教训》（1990）；剧本选《战斗的历程》（1959）；散文随笔集《博格达峰的回声》（1973）；诗集《风暴之歌》（1975）等十多部作品。这些作品在维吾尔文学界获得广泛好评，并产生了重大影响。其中部分作品已被译成汉文，颇受读者欢迎，有的作品正在译成汉文，以飨读者。

赛福鼎·艾则孜，维吾尔族，于1915年3月生于新疆阿图什。少年时代在阿图什一所伊斯兰宗教小学诵读《古兰经》文，1932年参加新疆南疆农民武装暴动，当过战士、秘书。1934年在阿图什担任小学教员、校长。1935年赴苏联乌孜别克斯坦塔什干中亚大学学习，1937年毕业返回新疆，在盛世才办的迪化（乌鲁木齐）政治训练班学习。1938年起在塔城报社工作，也正是从这时起，他开始了自己漫长的文人生涯。

1938年开始，赛福鼎·艾则孜连续发表了六篇短篇小说——《孤儿托合提》《两种景色》《当代奴隶》《痛苦的记忆》《遗物》《光荣的牺牲》。《孤儿托合提》是他的处女作，描写了一位名叫托合提的孤儿，在当地河堤决口时，被人们活活埋进河堤以堵决口的悲惨故事，读来令人振聋发聩。《遗物》《光荣的牺牲》则是两篇以反对日本侵略者为题的作品，作品透出一种强烈的爱国主义色彩。应当说，赛福鼎·艾则孜这一系列发韧之作，也是给历来以诗歌和口传民间文学为主的古老的维吾尔文学注入了新的文学生机，奠定了现代维吾尔小说创作的基础。而关于这一点，则是以往的文学史家们在关注维吾尔现代文学时往往忽略的史实。

在这一时期，除了小说创作，他开始了在当时历史条件下对人民群众有着最直接和最迅速影响力的戏剧创作，用他的作品揭露日本帝国主义的侵略本质，鼓动人民奋起抗日，颂扬抗日军民取得的胜利。《辉煌的胜利》《9·18》《不速之客》等，便是他在这一时期的戏剧代表作。这些剧本以新疆省"维吾尔协会"的名义印发各地，在新疆各地竞相上演。与此同时，他还翻译介绍国外优秀剧作，如意大利剧作家卡尔洛·哥尔多尼的《一仆二主》、乌兹别克斯坦剧作家哈姆扎·伊克姆·扎达的《地主和仆人》等，并自导、自演，亲自搬上舞台。

在《塔城报》工作期间，赛福鼎·艾则孜已经开始积极投身于革命活动。1944 年随着新疆伊犁、塔城、阿勒泰三区反对国民党反动统治革命爆发，他来到三区革命的中心伊宁市担任三区革命临时政府要职。后来三区革命临时政府与国民党政府在迪化（乌鲁木齐）成立了联合政府（不久宣告破裂），他亦代表三区革命政府出任要职。直到 1949 年 10 月新疆和平解放，他任新疆特区特邀代表团团长，赴北京出席中国人民政治协商会议第一届全体会议，当选为第一届全国政协委员，中央人民政府委员、法律委员会委员、中央民族事务委员会副主任。同时，经毛主席亲自批准加入中国共产党。

赛福鼎·艾则孜一生热爱木卡姆艺术，正是在他来到伊宁市后，开始接触木卡姆艺术，进一步加深了对木卡姆音乐的认识。1946年联合政府时期他前往喀什工作，在这里有幸与他久已仰慕的木卡姆艺术大师——唯一能够演唱全部十二木卡姆的吐尔迪阿洪相逢。多次聆听吐尔迪阿洪演奏木卡姆，介绍木卡姆艺术的精髓，使他获益匪浅。他被木卡姆艺术精气牢牢吸引。虽然短暂的联合政府宣告破裂，他又返回三区革命中心伊宁市，但从此只要一想起木卡姆便要念及吐尔迪阿洪大师。他一直试图将吐尔迪阿洪大师接到伊宁市，但终未能如愿。这一夙愿直到解放后才得以实现。

1951年，已经担任新疆省（自治区于1955年成立）人民政府副主席、新疆军区副司令员、中共中央新疆分局委员、常委、民族部长、统战部长的赛福鼎·艾则孜，将吐尔迪阿洪接到乌鲁木齐，准备把这位民间艺术大师的所有财富录下音来。然而，来自各方面的阻力和干扰也不小，他力排众议，从伊宁市接来肉孜弹布尔、麦提塔伊尔等民间艺术家协助吐尔迪阿洪大师演奏十二木卡姆。在新中国建立伊始，在短短四五年内完成了十二木卡姆的录音工作。与此同时，请来汉族音乐家万桐书对十二木卡姆进行记谱工作，最终整理成二卷本的《十二木卡姆》。《十二木卡姆》由七十二支套曲组成，每演奏一个木卡姆，需费时两小时，奏完全套《十二木卡姆》需二十四小时。如果不是赛福鼎·艾则孜独具慧眼深谋远虑，在吐尔迪阿洪大师有生之年完成了这项具有深远意义的发掘整理工作，拯救了十二木卡姆艺术，很难想见后人将如何全面继承、研究、发展这门独特艺术。赛福鼎·艾则孜曾为此专赋柔巴依①一首：

> 迷恋木卡姆的人别无奢望，
>
> 木卡姆令君心驰神往，
>
> 先辈的功德为你襄助，
>
> 攀登险峰给你胆魄力量。②

赛福鼎·艾则孜已步入耄耋之年。1989 年春在美国夏威

---

① 柔巴依为阿拉伯语，此处意为四行诗。四行诗是伊朗传统诗体，第一、第二、第四行谐尾韵，类似中国的绝句。欧玛尔·海亚姆（1048—1122）是伊朗四行诗代表诗人，郭沫若于 1928 年用英文转译过他的四行诗，题名《鲁拜集》，伊朗这种诗体传入我国新疆，在维吾尔诗歌中较常见。

② 此诗见赛福鼎·艾则孜著《论维吾尔十二木卡姆》，人民音乐出版社，1992 年第 1 版。

夷接受心脏手术治疗，安装了一个心脏起搏器。他的三卷本回忆录正是此后完成的。他还完成了一部关于整理木卡姆歌词的专著付梓出版。在这部著作里收录了经典木卡姆歌词、民间歌词、当代歌词，还有他自己创作的几首歌词。可以说这是一种新的大胆尝试。

问及今后，赛福鼎·艾则孜还有更为宏大的创作计划：他准备着手写一部关于驰名世界的《突厥语大辞典》的作者麻合木提·喀什噶尔的长篇传记小说；再写一部关于著名史诗《福乐智慧》的作者玉素甫·哈斯·哈吉的长篇传记小说；还准备将他自己的长篇历史小说《苏图克·布格拉汗》搬上屏幕；再把三区革命历史搬上银幕……

瞧，这就是作为文人的赛福鼎·艾则孜。

1994.7

王蒙老师剪影

这是长城。

在古老长城的脊梁上，一行人正在攀缘而上。"不到长城非好汉"，是的，哪怕为了硬撑着充当一名"好汉"，诸君理应"到此一游"，一了壮志才是。然而，适值早春季节——确切地说，正是 1980 年 3 月底光景，这里仍是草木灰灰，游人稀疏。倘是盛夏旅游旺季，那自然又是另一番情景了。不过，眼下这一行人倒显得个个游兴正浓，看上去他们是非要登上八达岭高峰不可的。

他们是 1989 年全国优秀短篇小说获奖作者。这天正好是发奖大会最后一天，会议组织他们游览长城。

犹带几许早春寒意的山风，不住地从长城锯齿形箭孔间呜呜地滑过。不过，这一行人当中有人已经开始脱下了毛衣和背心——他们已经登上了长城延伸的半山腰的一座古哨楼。

"喂，哈萨克，你看，你的马被牵到这儿来了!"

走在我前面的那个人——王蒙老师——回首对我用维吾尔语说道。他正扶着夫人崔瑞芳老师登上哨楼。

我抢上几步。原来，古哨楼后面有一块不大的平场，有人牵着一匹马正在那里为游人收费照相(不远处城墙根下还有人拴着一只骆驼，看来那骆驼是无法跻身这块平场的)。我这是生平头一回看到马也会有这样一种商品价值，不免有点猝不及防，只是怔怔地望着它：那马瘦骨嶙峋，浑身的汗毛尚没有褪尽，迷瞪着一双暗淡无光的眼睛勉强支撑在那里，任那些游客骑上翻下。我丝毫也觉不出这匹马会有什么上相之处，忍不住喃喃道：

"瞧，那匹可怜的马，瘦成了这般模样，更显出它的头脸的长来。"

"哎，马脸本来就是长的，你可知道汉语有句话叫'牛头马面'吗?"这是王蒙老师在说。

"当然，当然。"我回答说。

"你瞧我这副长相就叫'牛头马面'——我的头虽说不上有牛头般大，但我这副长脸的确可以和这匹马脸相媲美。"接着他又用维吾尔语补充了一句"satqiray"，说罢哈哈大笑起来。

崔瑞芳老师也在一旁会心地微笑着。

我惊呆了。自嘲，这是真正的自嘲！只有勇敢的人才会这般自嘲，而善于自嘲的人永远是快乐的（不过，我们哈萨克人形容一条真正的汉子的轮廓时，便也是常常喜欢这样说——那汉子脸上的线条，就和骏马脸上的线条一样分明）。

在此之前，我对他的"新疆式"幽默有所闻知，但断然未曾料到他竟敢于这般自嘲。当然，我早就应该清楚，幽默者往往也善于自嘲……

也许，对于他的崇敬之情，正是从这一刻起在我心头油然而生。

也是个春天。我第一次见到他，是在 1973 年 4 月底光景。

那是在遥远的吐鲁番圲孜。

这里曾经有过一棵"血泪树"。要不是这棵"血泪树"，我想我和他决然不会在那样的年头，在那样的去处相遇。

他们是一个"三结合"的创作组。他们的任务是要创作有关"血泪树"的连环画脚本。

他就在他们中间。

那时的他，看得出是个内向、深沉、坚定的人。但他的眼神依然掩饰不住潜藏在内心深处的隐隐的抑郁和痛苦。在平时的言谈举止中，却显得有几分拘谨和小心。

是的，他也是个活生生的人——有他的欢乐，也有他的痛苦……

人的一生过于一帆风顺，未必是件幸事。

他曾经被命运之舟摇荡到天边的巴彦岱小镇上来。

这里是维吾尔人村落。

不同的民族，不同的语言，不同的风俗。起初，他只能和"梁上作巢的新婚的一对燕子"① 默默对语。然而，人民是相通的。不论哪一种肤色，哪一个民族，哪一国度，只要是人民，便具有共同的美德。他与这里的人民心灵的桥梁沟通了。于是，在那荒唐的岁月，在那风雨飘摇的日子里，他与这里的土地同呼吸，他与这里的人民共命运，平安而又充实地度过了那不可思议的难挨的日日夜夜。

他学会了维吾尔语。然而，他的收获不止于此——他接触

---

① 参见王蒙散文集《橘黄色的梦》一书中《萨拉姆，新疆》一文，百花文艺出版社，1984 年 8 月第 1 版。

到了一种不同的文化。他获得了一个全新的视角。作为一个作家，这是他的福分。他可以从不同于他人的更为广阔的角度来仰视和俯视人、人生、社会、自然，乃至宇宙。他在那里思索着，积蓄着，犹如一泓天然而成的冰川湖泊。

于是，一旦当盛夏的骄阳将某一道冰坝融化，他终于无羁无绊地抒发着长久压抑的激情，汹涌澎湃，一泻千里，宛若天山的雪水，给那山外的世界带来一片新绿。

评论家阎纲同志在去年宁夏的一次发言中谈到他的创作时说："王蒙的创作，可以说给我国文学带来了一种崭新的文思，从而活跃了我们的思想……"评论家毕竟是评论家，他的此番高论，确是深中肯綮的。而我以为，这一切与王蒙老师在新疆这块土地上长达十六年之久的生活是密不可分的。

是的，遥想当年，"诗仙"李白也曾在西域这块土地上生，在这块土地上长，从而给中原文化带去了空前绝后的一代清新豪迈诗风。这块土地同样赋予了王蒙。而今，他也正在把他自己独特的艺术奉献给祖国、人民。

每见到他，我便要不由自主地联想起鹰来。

他是个具有鹰的气质的人。

是的，他的迅疾，他的机警，他的敏锐，他的自信，完完全全像一只鹰。

一篇《组织部新来的年轻人》就使他蜚声文坛。

一篇《当代作家的非学者化倾向》又震动了整个学术界、文化界。

一篇关于专业作家体制改革的设想，在全国各地引起一系列改革措施。

一次尼勒克之行，初次接触哈萨克生活的他，竟然写出了《最后的陶》。此作译成哈萨克文，还引来一批效仿者的新作。

……

还是尼勒克。

这是他自从调回北京，第一次返回新疆。对于尼勒克来说，当然更是第一次涉足。

尼勒克的秋天是美丽的。奔腾的喀什河水犹如她的芳名一般，活像一条蓝色的玉带蜿蜒在河谷丛林之间。雪线已经低垂下来，落叶乔木开始镶上了金边，唯有背阳坡上和河谷里的针叶林，依旧是绿色如故。

我们正是在这美丽的秋天，来到了接近喀什河源头的阿尔斯朗草原。我们已经在地道的牧人家里住了一夜。这会儿正在县委书记刘澄同志陪同下来到一个畜栏边，听取牧人们对刚刚开始实行的责任制的意见。正在这里收购活畜的县食品公司的几个人，也加入了这场有趣的讨论。几个牧人轮番用他们精巧的手工艺品——木碗，为我们在座的各位倒着皮囊里的马奶酒。秋天的马奶酒是醇香爽口。他没有回绝，倒是捧起木碗连饮几碗。这使得牧人们有点刮目相看了。是的，一个来自北京的客人，居然能够如此豪饮马奶酒，当然是一件令他们感到新奇和稍稍费解的事。然而，当他们得知这位戴着金边眼镜的汉人，曾经就在伊犁河谷安过家，而且和最底层的劳动人民生活在一起的时候，凝聚在他们眉宇间的疑团不觉释然……

讨论小憩片刻，他站了起来。这是一片茂密的灌木林，在不远的那边，便是一望无尽的松林了。他在灌木林里转了一圈，望着那边的几匹马，不觉有点出神了。

"我们能不能骑上马，朝这河谷尽头走上一遭。"他说。

"可以。"我走了过去，向我的同胞——那几位牧人要了两匹马。一个汉子甘愿为我们引路，于是，我们三人上马向山里进发了。

牧人们给我们挑选的都是绝好的走马。我至今记得王蒙老师骑的是一匹雪青马。那马走起来就像常言所说的，即使您端上一碗满溢的水，也决然不会泼出一滴来的。我骑的是一匹黑骏马，那汉子骑的则是一匹跃跃欲试的枣红马，就和他自己一样的神气活现。起初，我们三人并驾齐驱。不一会儿，王蒙老师便任马驰骋，让那匹雪青马尽情地施展着自己的花走艺术。

我们被远远地抛在了后边。陪同我们的汉子开始担忧起来，生怕他会从马背上跌落或者有个闪失。坦率地说，我也有点担心，因为在此之前我对他的骑术毫不知底。但是，看着他挺有兴致，我又不忍心去败他的兴，也就没有跟上前去护驾。好在那匹雪青马的确也没有什么怪毛病，是一匹地地道道的良骥，因此我们也就放心了。

他在一处岔道口上等着我们。

涉过一片小沼泽地，我们进入了茂密的森林边缘。这里枯木横躺，蛛网交错，幽静而又深邃，透着某种让人难以揣摩的神秘气氛。看来这河谷是无法走到尽头的，这森林也难以走出它的另一边。

我们在隐匿于密林深处的一家牧羊人帐篷里作了客。

在回来的路上，我们时而让马儿疾行，时而又勒缰缓缓并辔而行。

王蒙老师显得异常兴奋。他突然从马背上侧转身来对我说：

"这下我回北京有的吹了。"

我笑了。

"真的，邓友梅、张洁他们能有我这样的福分跑到草原上来骑马吗？我非得馋馋他们不可。我要向他们说，我是怎样骑着马儿，在草原上任意驰骋来着……"

我看着他，忽然觉得他简直就像一个快乐的大孩子，且又有点顽皮。是的，他的心地太像个孩童了——既像孩童般天真，又像孩童般狡黠。其实，骑这么一小会儿马，在草原上又算得了什么——这他也清楚。可是你听，他就要回北京去，向还没有领略过草原风光的朋友们吹嘘炫耀呢！哦，一个作家要是没有这样的孩子气，很难想象他会从生活和自然中真正获得艺术的启示。

夕阳已经开始西垂。天空是那样的晴朗，在柔和的夕照下，四周的山野披上了一层迷人的色彩。当我们走出松林来到那片灌木林的时候，这里的座谈会还没有散呢。

"你看了我的《逍遥游》吗？"他在电话里这样问我。

"我刚从新疆回来。我已经在报上看到目录了，但刊物还没到手，我打算这几天就找来看看。"

"那你看完有空咱们聊聊。"

"好的。"我说。

我很快看完了《逍遥游》。准确地说，通篇小说写得有如行云流水，是那样的舒展、那样的挥洒自如。然而，我看着小说中的人物，尤其是对于景物氛围的描写，总觉得这一切就像是发生在我小时候，我们家所在的伊宁中心一个古老的宗教学校附近的人和事……

我的感觉得到了印证。在动乱岁月最初的两年里，原来王蒙老师一家住得离我们家很近，甚至可以说我们就住在只有一墙之隔的两家大院里。而这一切是我前所不知的。难怪《逍遥游》里的那些人物，以及那些环境让我感到如此熟悉、亲切。

这一天我们谈得很投机。我们谈起了作品中所有人物原型，以及未能进入作品却又生活在那一带的、和这些作品中人物有着密切联系和毫无干系的邻里街坊。王蒙老师还提到一位嗓音十分动听的卡里——颂经师，他听他颂经宛若听唱一般。但我怎么也想不起这个人来，也许那会儿我太小了，还轮不上和这些卡里打交道呢。谈话间崔瑞芳老师偶尔也会插进一两句来，以提醒被我们遗漏的某些细节。每当这时，王蒙老师便会不由自主地看她一眼，那眼神里分明洋溢着一种兴奋、自豪和幸福的光彩……

瞧，他把我找去，和我谈论这篇作品，并不是为了像个学究似的研讨作品的开篇、布局与结尾，以及作者在结构作品方面所费的苦心；也不像评论家那样要评判作品的主题所在，以及预测其即将产生的社会效果；更不像我们原有的关系那样——先生运用自己的成功之作，来开导和教诲他不敏的学生。他找我，就是想和我像个老朋友那样谈谈这篇倾注了他自己特殊情感的作品而已，除此没有任何别的什么。

　　一个作家，有时在心绪良好的时候，是希望和别人谈谈自己喜欢的作品的。如果这个人熟悉自己的作品背景当然更好。这样，也许你还能获得作品本身以外的更多的享受，包括一种对岁月的回顾，一种对往事的追思。更何况这篇作品产生在一个特殊的、让人值得缅怀的时刻……

　　当然，他是个作家，所以他才对任何一种语言都充满了兴趣。但是问题不在这里。让人吃惊的是，他对语言的接受能力。

　　一场落难，他学会了维吾尔语——在他结集出版的小说集之一《冬雨》中，甚至还有一篇他从维吾尔文翻译过来的小说译文。当然，为此他用去了十六年光景。

　　但是，他去了一趟衣阿华，仅仅四个月时间，他就已经初步掌握了英语，而现在越发熟练了。这莫非是一个奇迹不成？还是造物主对他过于偏心——倘若世上真有造物主存在的话。

　　他从塔什干回来，一边给我翻阅着从那儿带回的那瓦依作品插图集，一边向我叙说着乌孜别克日常用语与维吾尔、哈萨克语之间的近似之处与不同之处。

　　他从西德回来，又兴致勃勃地谈起在那边遇见一位美丽的土耳其小姑娘，在和她的交谈中，他发现在土耳其语有许多词根完全与维吾尔语和哈萨克语一样。以至于那位土耳其小姑娘问他是不是土耳其人。

……

当他被埋没了二十多年后，当他的名字重新出现在文坛时，他和他的同辈人仍旧被誉为"青年作家"。当然，这都是特定时代的产物——在粉碎"四人帮"后的那段时间里，除了这一批人，似乎再没有更年轻的作家了。我记得他曾对此状苦笑着摇过头。不过，到后来，当真正的青年作家成批涌现，他是用一腔的热情给予了支持的。

我想，关于张承志作品的第一篇正式评论，正是出自他的笔下。

关于《北方的河》，也是他做出了最为迅速的反应。

关于梁晓声和他的《今夜有暴风雪》，还是他首先发表了中肯的评论。

笔者本人当然更是备受关怀、扶持。

哈萨克有一句话："有所见者才有所行，无所见者又何以行。"是的，王蒙老师曾经亲眼目睹过那些令人景仰的前辈文学大师的举止所为，聆听过他们的教诲；并且，在自身处境最为困难的时候，受到过他们的热情关心与爱护。因此，当今天他也开始成为长者的时候，也能以这样宽厚、热忱、平易近人的师长风度来关怀我们这些年轻人。我以为，这是一种人类美德的延续。每代人都有继承、发扬人类美德的使命，师长们已经做到了，那么我们呢？我们是否能够胜任自己所肩负的道德使命？

1985.10

童年记忆

那是我小时候的事，是五岁还是六岁，反正我还没有进城上学，仍在祖父家里逍遥自在地玩耍。

我记得每当夏日来临，我便会成天钻进我家帐幕附近的森林里去。那是由密密的云杉和松树织成的遮天蔽日的针叶林世界，偶或会有几棵花楸树夹杂其间，枝头坠满了无法食用的小红果，乍一看去是那样的诱人。不过，平日里常听祖母念叨，下雨打雷时千万不要钻到花楸树下去，那尽是些引雷树，不小心会遭雷击的。我曾问祖母，为什么花楸树会引雷击。祖母想了想，说，这是真主的造化……谁知道呢，也许花楸树被魔鬼缠身吧。所以，我总是不敢贸然走近那些花楸树，生怕会有晴天霹雳下来——我亲眼目睹过一匹枣红骒马是怎样被霹雳击中而亡的。好在这片森林茫无边际，我每每都会远远地绕开那些花楸树，去寻找我的欢乐所在。

森林里无奇不有。不过，在我童年的记忆中最难以忘怀的是，有一次我竟遇到了一棵不可思议的大树——树干足足有一峰卧驼那么粗大，是一棵云杉！不知何故倒伏在那里，整整占去了约莫两鬃索见长的林中草地。当年向着谷底倒伏时，似乎还压折了其他杉树。现在，所有这些都已变成截截朽木，躯干上长满了暗绿色的苔藓，一队队褐色的蚂蚁在那蛀满千眼百孔的树干上忙进忙出，一溜高高隆起的蚁垤就建立在这些倒木近旁，一丛丛的阔叶萱麻几乎将它们的残体淹没，唯有那棵巨树硕大的根部宛若一垅小丘，赫然屹立在林海深处。确切地说，犹如一座被人遗忘的陈年帐幕，远离人世黯然藏身于此。我至今清清楚楚地记得：那天，我围着这棵巨大的倒木转来转去，久久不肯离去，甚至不惜激怒那些忙碌的蚂蚁攀着根须爬上了树干，倾听那茫茫林海的飒飒涛声——我不明白的，这样一棵可以称得上树王的巨树，缘何要倒伏于此，成为蚂蚁的蛀窝……

直到傍晚走出森林，我照例来到了我的朋友——那棵生机勃勃的小杉树旁，急切地告诉了它今天的发现。这是我的习惯，每当走进森林或走出森林，都要和我这位朋友驻足交谈——它就长在森林边上我的必经之地。高兴时我还会去合抱它，它的躯干我完全可以合抱过来。此时我的朋友依旧是那样热烈地迎接了我，只是对于那棵巨大云杉倒伏的秘密，原来它也和我一样一无所知。然而奇怪的是，不知什么吸引了我，从这以后，每当我走进森林时，免不了总要去看一看那棵沉沉入睡的巨树。

那是一个暴风雨之夜。

天山腹地的草原就是这样，暴风雨说来就来，说去就去。

我完全是被一阵惊天动地的霹雳惊醒的。睁眼一看，祖母竟不在我的身边，只有狂风猛烈地撕扯着我们的帐幕。整个木栅都在吱吱作响，密集的雨脚落在帐幕的毡壁上，似乎随时都会击透那层白毡。忽然，毡壁的一角被风撩起，一阵冰冷的雨点击打在我的脸上，就连马灯也险些被吹灭，一切都是那样的岌岌可危。

我抹了把脸上的雨水，禁不住大叫一声："奶奶！"

"别怕，孩子，我正在给咱家帐幕勒紧风绳呢，一会儿我就进来。"

透过毡壁传来了祖母的声音。

又是一阵惊天动地的雷声，闪电时时把帐外的世界划得一片青亮。还没等祖母进来，我竟在这阵阵雷声中复又昏昏入睡了。

翌日清晨醒来，帐外一片阳光灿烂，祖母已经做完早祷正在烧茶，她催我快去看看，昨夜森林里落雷了。

祖父也已经从山下打粮回来了。他说他当时快要到家了，只见一道蓝光落在了林子边上，那平地爆起的雷声震耳欲聋，连坐骑和驮粮的牛都受了一惊，驮着重负在泥泞的山路上乱闯，好在快到家了，总算拢住了它们。

我急匆匆穿了衣服跑出帐幕，世界被一夜的雨水洗得清澈透明，那莽莽苍苍的森林更加青翠欲滴。然而，就在森林边上，缓缓飘浮着一缕青烟，我那朋友熟悉的倩影却荡然无存。

我顿时哽咽了，两行泪花模糊了视线，我只是凭着感觉拼命地朝着森林跑去。我知道我上衣扣子没有扣住，两边衣襟就像一双翅膀在我两肋任意翻飞，湿漉漉的草地打湿了我的裤脚，然而这一切我全然顾不得，直到后来我才发现，我是来不及穿鞋，赤脚跑出来的。

当我上气不接下气地赶到森林边上，愕然呆住了。我怎么也不肯相信眼前的一切便是事实——无情的霹雳竟将我的朋友从正顶一劈到底劈作两半，远远抛出森林的边缘，在雨后的草地上烧得一片焦黑，散发着缕缕青烟……

我愤怒已极，冲进了森林。那些引雷的花楸树个个安然无恙，那棵巨大的倒木也依旧沉睡不醒，那一队队褐色的蚂蚁，暴风雨过后复又从蚁垤里爬出，正用它巨大的胴体钻出钻进。

我走出森林，久久地伫立在朋友还在燃烧的身体旁（一夜的雨水居然还没有将燃烧着它的雷火浇灭），一种从未有过的悲怆牢牢地攫住了我的心，我为我朋友的遭遇委屈极了。是的，那么多树都没有落雷，就连一向引雷的花楸树也平安无事，甚至那棵巨大的倒木也未曾领略过雷火的炙烤，为什么霹雳偏偏要击中我的朋友。我为我朋友扼腕，泪水禁不住复又涌出眼眶……

当然，这都是童年的故事了。

只是很久很久以后，我才悟到，我的朋友是幸福的。它生为一棵树，毕竟燃烧过一次。倘若我要是一棵树，宁肯被霹雳击中一千次，也不愿长得驼腰般粗大，却最终倒伏于林中被蝼蚁蛀空。

1991.1

阿拜的魅力

纯粹是出于偶然，最近我翻译了哈萨克斯坦伟大诗人、作曲家、哲学家、哈萨克近代书面文学奠基人阿拜·库南巴耶夫的名著《阿拜箴言集》。

当然，这在我国并不是首次汉译出版。早在二十世纪五十年代，我国锡伯族翻译家哈拜（哈焕章）先生就曾由哈萨克文节译过阿拜的诗文。八十年代，他又在新疆人民出版社翻译出版过《阿克利亚》，即《阿拜箴言集》。九十年代初，他在民族出版社翻译出版了《阿拜诗文全集》。应当说，他是向我国读者翻译介绍阿拜著作的开先河者。

后来，侗族翻译家粟周熊先生又从俄译本转译了《阿拜箴言集》，并交由民族出版社出版。粟周熊先生一直从事苏联文学翻译工作，译著颇丰。近几年来他开始投入阿拜研究工作，并从俄译本转译阿拜著作。

民族出版社哈萨克文编辑室在接到粟周熊先生的译本，并对照哈萨克文原文审读之后，于去年年底提出让我从哈萨克文原文重新译出《阿拜箴言集》。这就是我所说的纯属偶然。他们给我限定了时间——希望我能在今年三月交稿，并且一定要在今年六月中旬见书。于是，我只好挤出所有的闲暇时间来，投入这项艰苦而又充满乐趣的工作。

在阿拜这部著作中，他使用了波斯语、阿拉伯语、察合台语词汇，以及大量的民谚、俚语、典籍。内容涉及天文、地理、科学、文化、教育、历史、宗教、哲学、民族、社会、经济、法律、语言、民俗等诸多方面，十分广泛。为了翻译好这部著作，我不得不翻阅大量的典籍、资料……所幸的是，终于如期交付出版社。

这次翻译过程，对我来说，是一次反反复复仔细研读阿拜这部不朽名著的过程。我常常被他那种深邃的思想所震撼，复又被他那犹如警句、格言般美丽的语言所倾倒。尽管美文不可译，但我还是确信"信、达、雅"是文学翻译的灵魂，我致力于把它译准、译好，以便让广大汉语读者能够品味这部著作的风采。

更让我折服的是，作为一名生活在二十世纪的哈萨克作家，他对本民族劣根性所做的无情的揭露和鞭挞。他的这种胆魄和勇气，他的这种警醒睿智和深邃的目光，使他的著作远远超出了本民族的界限，成为留给世人的一部珍贵文化遗产。

我想这就是阿拜的魅力所在。

他的魅力吸引不同的翻译家致力于向同一种语言不断地翻译介绍其著作。没有不朽的译著，只有不朽的原著。也许将来还会有人重新翻译阿拜的著作的。我想大概这就是历史。

（哈萨克民族历史上更换过四次文字。每使用一种文字均产生过相应的书面文学，所以，阿拜是哈萨克近代书面文学的奠基人——第三次更换文字，使用阿拉伯字母以来的文学的奠基人。）

1995.6

莫伸印象小记

他是一个朴实的人。

这与他那装卸工出身的经历不无缘故。当然，在这之前，他和他的同代人一道，也去农村当过知青，后来，他便写起小说来了。他的《窗口》一鸣惊人，荣获第一届全国优秀短篇小说奖。从此，他便一发不可收拾……

我第一次见到莫伸，是在 1980 年。

那年春天，我们一起进入中国作协第五期文学讲习所（鲁迅文学院前身）学习。他总是身着一件当装卸工时留下来的青灰色劳动布工装，脸上永远是一副和善的笑容，选举班委会时，大伙一致把他推举为文体委员。他搞来了羽毛球拍子，又搞来乒乓球拍子，后来，还搞来了一只篮球，甚至组织起一支由蒋子龙、孔捷生、戈悟觉、李占恒和他自己组成的球队，到附近一家工厂进行了一场成功的比赛，而且扬言要打到北京的各大学里去。莫伸做起这些工作来，竟是那样的认真，简直有点兢兢业业的意境了。不过在我看来，莫伸工作最为成功、也最为尽力的，倒是每周末组织的那场舞会。

那时候，舞会刚刚兴起，每到周末的下午，莫伸必定是最忙碌、也最为快乐的人。他首先要忙于将饭堂打扫干净，挪开桌椅，布置舞场。其实莫伸并不会跳舞，然而，每当音乐声起，那些他所熟识和素不相识的舞伴翩翩起舞时，他的脸上便会绽现出由衷的喜悦。

莫伸就是这样一个人——在他的朴实中，透着一种认真。他对生活是认真的；他对创作也是认真的。自从他步入文坛，一篇篇，一部部，作品接连不断。迄今为止，共发表几十部（篇）中短篇小说，逾百万字。可他又极其认真地向我声称，他一定要写够十部中篇，再转入长篇小说的创作。眼下，只差再写一部，就能完成第十部中篇了。

第二次见到莫伸，是在这次的青创会上。不知不觉转眼分别六载，那天上午，我特意去他宿舍看望，正好赶上服务员打扫房间卫生，打断了我们久别重逢的谈话——女服务员进门一看就冲莫伸嚷了起来："你看看你们这屋，乱成什么样子，一点也不知道爱惜卫生，还都是些青年作家呢，干脆写写你们自己得了。"莫伸和我面面相觑，很是尴尬，他连忙向服务员赔不是，说："您甭打扫了，反正这屋还会乱。"那服务员也当真转身就走了。

服务员才一出门，莫伸忙碌起来。他一边把三张床位的被子铺好拉直，归置着桌上的杂物，一边对我说："从今以后，我决不让服务员再说一句这间屋乱。"

莫伸收拾完屋子重新坐了下来。于是，自然一阵海阔天空。闲聊之中，他在深圳的一则真实经历引起了我的兴趣。

那是深圳京鹏宾馆的雅座餐厅。这里正在举行一个小宴，在座的都是各路文人，其中当然还有莫伸本人。

按这家宾馆的规矩，服务员要亲手为每位客人盛饭舀汤。所有在座的人早已习惯，唯有莫伸感到很不自在，他忍了半天，还是忍不住——轮到自己时站起来对服务员说："谢谢你了，我自己来。"服务员坚持要尽自己的职责。他不得不很是尴尬地坦白："我不习惯。你这样伺候着，我吃得不自在。"当时便有人玩笑说："莫伸，别看你像个城里人模样，其实才是个土包子。"

　　瞧，莫伸依旧是那个莫伸。他在这个人世间活得如此的认真、朴实，以至于到了过于本分的地步。莫伸的作品宛如他本人，也透着那种认真、朴实，乃至过于本分的风格。这一点在当今文坛尤为难能可贵。然而，每当读罢莫伸的一篇新作，我又略有几分怅然的感觉。细一琢磨，许是莫伸笔端落纸的当儿，亦是本分到了有几分拘谨的缘故吧？只愿莫伸兄在他今后的创作中多一点魄力和洒脱。

1987.6

朱春雨

　　就在几天前，他还在电话中极有兴致地与我谈论将在八月成行的青藏线之旅，和他最近以来迷恋的木雕艺术，戏言他今后或许会弃文而从事木雕创作。那天突然接到电话说，朱春雨患脑血栓住院了，正在抢救，危险期还没过去，眼下还不让探视……

　　这突如其来的病讯让我十分震惊。尽管我知道他平时虽然乱蹦乱跳，但他身体不十分好。不过，平心而论，按时下标准，他仍然是非常非常年轻呵，怎么就会身患此症，莫非这就是莫测的命运？我的心一直悬着，不知道这位具有诗人气质的文兄病情如何。

过了五一，听说他病情稳定，可以探视了，我便在一个欲雨无雨的阴沉的上午来到 304 医院。

进得病房的门，第一眼便看见他那双眼睛正平静地望着我。一颗悬着的心这才放下："你已经渡过生命的险滩了，春雨兄。"我过去拍了拍他抚在胸口的左手。"没问题，咱们八月还要一起去西藏呢。"我说。我是极力想说些轻松的话题，让他心情愉快。

"自从他决定跟你们去西藏，他便每天锻炼喝一小口啤酒，他说将来到了西藏不喝藏族同胞的一口酒不合适，可是你瞧，他就这么病倒了。"他夫人说。

他那双黑色的眼珠转了几转，咧了咧嘴角，显然明白了我的意思，欲言又止。

这时，他夫人在一旁看着我们，轻轻提醒道："他有时便糊涂。"

是吗？我又一次感到意外。尽管我知道这种疾病的后果，但病情总还有个轻重之别呀。

"认识他们吗?"他夫人俯身凑近他的身边问道。

他的表情漠然。

我的心复又悬在嗓子眼儿上，浑身一阵阵紧张。这不可能，这不可能……我在心底低声地说。

他夫人从床头拿过一张纸，把我和与我一起探视的世尧兄的名字写在了纸上。递到他眼前，指着两个名字说："认识他们吗？"

他费力地望着一张白纸上的两个名字。我敢断定，他是在极力搜寻自己的记忆。然而，他最终只是艰难地在枕上摆了摆头，神色一片茫然。

我不知道说什么才好，深深地陷入一场空前的痛苦中。他夫人在一旁讲起他的病情："他是左脑室大面积血栓，右半身偏瘫，已经失去记忆，不会说话，不会写字，也不知饥饱……"

"真可惜，老朱今年也就五十六岁吧。"我在一旁感慨道。

"不，今年他才五十三岁，今天正好是他生日。"他夫人说。

……

我至今想不起那天上午最终是否下了点毛毛雨。后来听说春雨兄记忆有所恢复，有点开始认人了。这一点的确让我感到莫大的欣慰。

1992.6

月色下传来百灵的歌

在我的家乡伊犁，每当夜幕降临，从那家家户户落满芬芳的花园里便会传来百灵鸟不倦的鸣啭。于是，那朦胧的月色，百灵鸟的歌声，与幽幽的花馨交织在一起，令全城的人陶然入醉。

在我家院里葡萄架与果园之间，便是我母亲辟出的一块花圃。每年春上，她总要亲手在那里栽上一些花草，诸如郁金香、夜来香、波斯菊、蜀葵、鸡冠花、凤仙花、美人蕉、马鞭草、太阳花等。再把那些去年秋上埋于地下的月季、玫瑰起出来修葺一新，把室内盆养的花卉也一并搬出来摆在那里。不出几日，在明媚的阳光下，这些香花异草便会节节生辉，出落得分外妖娆。

到得夏日，不知从何处飞来一对百灵，夜夜寻着花馨来到我家院子里歌唱，后来索性就在我家果园里筑起了窝。于是，每当傍晚，全家人便会在葡萄架下一边纳凉，一边谛听百灵鸟的歌声。

当然，不仅仅是我们一家人有这样的雅兴。

在我的家乡，可以说百灵鸟有口皆碑。那情人们的歌深情地歌唱百灵，受人敬仰的歌手被喻作百灵，甚至美丽的姑娘也用百灵来取名。而那些酒肆茶馆的老板为了招徕顾客，居然个个也不甘落后，奉养起一只只百灵，将它用精巧的鸟笼高擎在门楣，让它终日纵情欢歌。

百灵鸟的歌声的确令人销魂。人们甚至把百灵鸟视为幸福的象征——哪里有百灵鸟的歌声，哪里便不再有烦恼；哪里有百灵鸟的倩影，哪里便是人间乐园所在。百灵鸟那玲珑的身姿、甜润的歌喉，千百年来让这里的人们赞美不止，颂扬不尽。

记得那年夏天，我那淘气的弟弟爬上园里的果树，把百灵鸟孵出的一对小雏掏了下来。父亲见了非常生气。父亲说，那是人间益鸟，怎么能随便掏来把玩！瞧，是它给我们这个家园带来了歌声，带来了欢乐，带来了幸福祥和，你不能伤害它们，快给我送回窝去。看得出弟弟有点不太情愿，但有父亲催促，他又不敢违拗，只好恋恋不舍地将那两只到手的小雏放回原处。来年夏天，我家的果园里又多了一对歌手，每当月色下四只百灵竟相歌唱，那婉转的歌声便会使父亲脸上漾起一片欢乐的笑容。

又一度秋寒日渐迫近，萧瑟秋风将满园金叶吹落。百灵鸟早已飞到温暖的南方去了。院子里没有百灵鸟的歌声、变得沉寂下来。全家人似乎还没有适应这种不期而至的秋的寂寞，百灵鸟的歌声时时还在耳畔萦回，对于夏日的回忆总是像潮水般阵阵袭来。

忽有一日，弟弟兴奋地大叫起来，快来看，咱家园子里来了一只怪鸟。

全家人跑了出来。

原来是一只啄木鸟，它已落在那棵香梨树上，笃笃地敲着树干。

"这就是它的歌声？难听死了，我才不听。"妹妹快快地说了一句就进屋去了。

我只是默默地望着妹妹的背影摇了摇头。

是的，对于听惯了百灵鸟歌声的人来说，啄木鸟那单调的敲击声当然不会入耳。可是，孰知百灵鸟只是在快乐的夏季，当你的门前开满了鲜花时，才会为你彻夜歌唱……

从那天起，这只啄木鸟在我家果园和附近的树林间忙碌了一阵。仿佛它深知秋日时光短暂还是怎的，每天太阳一露头它就开始笃笃地敲击着树干，直到夜幕徐落。我敢发誓，它就像一位细心的女人梳理自己的发辫那般地把我家果园的树木所有的枝杈都精心梳理了一遍。无疑，我家果园又将迎来春色满园的一年，百灵鸟仍将彻夜鸣啭……

然而，不知是畏于秋寒还是过于繁忙，反正我们全家人再没有像夏日里谛听百灵鸟的歌声那样，聚在一起，听一听啄木鸟的声音。久而久之，也就淡忘了它的存在，以至全然不知它何日何时悄然离开了我家的果园。

不过，我终于明白了，为什么在我的家乡，从来没有一支歌是为啄木鸟而唱的……

1991.1

伊犁散记

—— 献给伊犁哈萨克自治州建州四十周年

我越过许多山峦，涉过无数条河流，穿过广袤的平原、河谷。

没有一座山比得上你的群峰雄奇，没有一条河比得上你的河流美丽，没有一块土地比得上你的富饶，我可爱的故乡 —— 伊犁。

郁金香

伊犁的春天向来美丽。在明媚的阳光下，家家户户的果园杏花、果花、桃花竞相开放，争奇斗艳。于是，那一座村子连着一座村子，无始无尽，沉浸在一片花的海洋里。春风过处，激起一层层粉色涟漪，涌起一道道白色浪花，那阵阵清香随着百灵鸟不倦的歌声和杜鹃声声清脆的啼鸣四处飘溢，令人如痴如醉，如入仙境。

然而，伊犁春色的真正标志，是那满山遍野怒放的郁金香。

当椋鸟与春燕带回春的讯息，雪线已经远远退去，在绿色如茵的襟麓草原，郁金香遍地开放。一座座山坡犹如披上了鲜红锦缎，竟是那般艳丽，那般灿烂，那般辉煌，遥遥望去如虹如霞，如云如焰，光彩夺目。身处此境的哈萨克牧人，便要情不自禁地向着蓝天白云、向着雪山草原、向着心上人嘹亮地唱起那首歌来：

　　世上的花儿

　　美不过火红的郁金香

　　……

是的，郁金香的红色的确早已溶入哈萨克人的血液，是哈萨克人最喜爱的花。郁金香的花瓣浸透了哈萨克人的热血，尽管春风终要引来草原上百花盛开，然而哈萨克人已将初恋献给了郁金香。

维吾尔语中对于郁金香的称呼是那样的美丽动听——"莱丽哈萨克"（Lailekhazakh）——哈萨克人之花。你瞧，多么亲昵，多么贴切。是的，郁金香的确是哈萨克人心中的花。

在那遥远的中世纪之前，郁金香便开始由丝路商旅、游吟诗人、迁徙的部族，还有往来的使节和传教士们带向西亚王室御花园。十六世纪时，再由奥斯曼帝国苏丹的使节们，将郁金香作为皇室礼品赠送维也纳宫廷。

1593年，奥地利人卡罗鲁斯·克鲁西乌斯——这位曾任维也纳费迪南皇帝药草园主管的植物学家，应聘担任荷兰莱登植物园总园艺师。依荷兰人提出的条件，携郁金香赴职，于1594年是他首次将郁金香引种荷兰。从此，四百年弹指一挥间，郁金香已在荷兰扎下了根，并成为荷兰三大标志之一（风车、木鞋、郁金香）。如今世界上三分之二的市售郁金香产自荷兰。荷兰人且已培育出三千五百多个品种的郁金香，有成千上万的花农成了郁金香专业户，竟衍生出一种收入颇丰的无烟产业。

近两年来，京郊和河北省靠近北京的一些县份的农民，从国外引进郁金香新品种，以开发和打入已在形成的国内花卉市场。但由于气候和水土方面的原因，这种尝试并不一帆风顺。不过，有志者事竟成也。毕竟已经初获成功，相信不久的将来，美丽的郁金香将盛开于京畿之地，在千姿百态的花卉市场一枝独秀。

据说今年伊犁的郁金香开得依然很艳，哈萨克牧人献给郁金香的歌依然那样动听……哦，我可亲可爱的同胞，不知何日何时，你将亲手采摘绽放于草原的郁金香，连同你美丽的歌声，一起传遍神州大地，送向更远更远的世界。

甜不甜，家乡水……

有一种误解，认为天山的水均来自雪山冰川——固体水库的消融。那么，在冬日里，冰川不再消融，伊犁河不也将断水枯竭了吗？

天山之水，源自它那每一片森林、每一片草原、每一面山坡、每一条山谷涌出的万泉千溪。

我从特克斯河到阿合亚孜河、科克苏河，从巩乃斯河到喀什河——游历。若在盛夏，当那千万座冰川消融，每一条河水量陡增，翻着乳色波涛奔腾而去，灌溉着伊犁河两岸万顷良田，哺育着一方人民。

然而，只要你稍稍离开这些大河，走进那些风景秀丽的山谷，一条条远离冰川的小溪浅吟低唱，清澈见底，一眼眼源自地心深处的山泉汩汩流淌，喝一口甘甜无比，沁人心脾。

若是在九月里来到喀什河，整条河都是蔚蓝色的，流动着琼浆玉液。我只在阿勒泰的哈巴河和布尔津河的源头喀纳斯，见到过这般美丽纯净的河流。

我在北京每次郊游，看到山沟里流淌的细小的河流，便要想起天山深处的每一条溪流来。有一次到门头沟矿区，矿上用他们自产的矿泉水来招待我们，是从矿区钻了一口四百多米的深水井灌制的。当时在我心头蓦然萌生了一丝闪念，在天山深处，有多少条矿泉水在白白流淌，倘若在伊犁的某条山谷里，建一座矿泉水灌制流水线，不是一件利国利民、利于边疆经济发展、一本万利的善举吗？

当我回到伊犁时，自打乌鲁木齐就映入眼帘的高耸于楼端的伊犁特曲瓷瓶广告，同样屹立在解放路口西大桥头的民族贸易大楼楼顶。我为家乡人终于有了这种现代经营广告意识欣喜无比，深受鼓舞。为我接风的朋友们斟满伊犁特曲高举酒杯对我说："请开怀畅饮，这是伊犁河的水……"

我虽举杯，却在暗自思忖，这杯中佳酿的确是伊犁河水，甜不甜，家乡水。只是伊犁河还有更为纯正的矿泉水，假如要在伊犁特曲瓷瓶广告旁边，再竖起一个伊犁河牌矿泉水瓶广告，那便是要相映成辉了。

伊犁特曲固然可以使人陶然入醉，伊犁的矿泉水更让人神清气爽。就我们的时代而言，更需要的是清醒，而不是沉醉。

伊犁马

歌和马是哈萨克人的两只翅膀。

马对于哈萨克人，既是浪漫的象征，又是生活的依托。

每当夏日里，骑手们十分潇洒地跃上自己心爱的坐骑，翻山越岭，逍遥自在地游历草原，时而引来那些牧人的啧啧称叹，博得穿红戴绿的少女们的情意缠绵的一瞥，甭提那骑手心头的惬意劲儿有多滋润了。倘若巧逢喜庆佳节，在赛马会上拔得头筹，姑娘追时令姑娘们只恨鞭长莫及，从叼羊的汉子堆里争得羊儿夺路而去，让众人望尘莫及，那真是莫大的快慰与荣耀了。他会为他的坐骑而到处炫耀。

当然也是在这夏日里，每一座牧人帐前都拴着一溜儿的小马驹，一群乳房丰硕的骒马在不远处颔首扫尾，驱赶着讨厌的马蝇子和燠热，还要忍受乳汁的饱胀。主妇们隔一个时辰总要去挤上一次马奶，注入皮桶里发酵，制成美味佳酿——马奶酒——胡木兹。这是哈萨克人传统的饮料。于是，远近的牧人，过路客商都要品尝这些巧手主妇的杰作。如果哪个夏天没有胡木兹——马奶酒，那除非是发生了天灾人祸。在哈萨克人心目中，就如同这一年草原不曾绿过一样。

到了初冬，家家户户都要宰马熏肉，以度寒冬。马肉便成了哈萨克人冬季的最佳食品。倘使谁家没有冬宰马肉，那就得看看是否他家栏里无畜，还是手头拮据。那将是一个十分寒冷、尴尬、无奈的冬天。

记得我幼时，每当夏末秋初，从内地省份前来购马的人员，带着兽医，带着防疫人员来到草原上，精心挑选马匹。他们交口称赞伊犁马个儿大，力大，耐粗饲，对气候适应性强，买回内地是为了耕地套车驭使用的，一个村一个生产队要是能分上一两匹马，那就了不起了！牧人们听得这些，个个将自己最好的马匹送来让他们挑选，若是谁家的马匹被选中了或选得最多，那自然会成为一段草原佳话。

马匹购齐了，这些人便会在草原上就地招募一批骑手赶送马匹。这是一个让人羡慕的美差，尤其对于那些土生土长在草原的年轻人来说，莫不如此。于是，个个争相报名，巴望着能被录取，借此机会，也好去看看草原以外的世界。

那时，公路运输尚不发达，这些赶马的队伍要从伊犁出发，沿着天山东行，直将喀什河源头走尽，才翻越天山北坡，到达沙弯县境，再从这里沿着戈壁荒滩来到乌鲁木齐，乘上火车——是闷罐车,一路为马匹添草加水,精心照料,把一匹匹神气十足的伊犁马一直送到河南、河北、山东农村,方才一路坐着火车、汽车返回草原。

自打他们回到草原,个个口若悬河,一路耳闻目睹,无奇不有。是的,他们见多识广,几乎横穿中原大地,去过无数城市,算是一些大开过眼界的人了。人们总喜欢聚拢在他们身边,听他们神吹海聊入了迷。真让人耳目一新。我也曾遐想,有朝一日,当我长大了,定要和这些骑手一道赶着马群远游内地。

赶马的骑手们叙说一路最苦的,莫过于走出喀什河源头的一条山谷。那条谷里遍地毒草丛生,马群吃了就会中毒而亡。行至此谷丝毫也不敢懈怠,一天之内不吃不喝也得要赶着马群平安出谷,方才松下一口气来。虽然后来我多次去过尼勒克,去过喀什河源头,但迄今搞不清楚这条毒草丛生的山谷究竟在何处。

斗转星移,这条山谷显然多年已经没人再走了。而如今内地农村不再需要购伊犁马套车拉犁了。马的位置早已被多种中小型农用拖拉机取代。公路交通也大有发展,即使购马,也不再需要长途驱赶了。于是,也不再有骄傲的赶马人了。

伊犁马似乎重新留在了草原,只有成为骑手们的坐骑,主妇们的胡木兹——马奶酒源，和冬日的熏马肉。

应当说，马对于人类历史发展进程起到过巨大的推动作用。马在冷兵器时代是帝国的象征，国家的支柱——军队便是载负在马背上纵横驰骋的。就是当人类跨入火器时代，直至二战以后，骑兵依然在许多军队中存在。时至今日，马已是一种纯粹的富贵象征。真正富裕起来的人家才养得起骏马进行各类马术竞赛与体育活动。自从国际社会禁止捕鲸以来，日本人发现马肉的品质和鲸肉相似，便尝试着以马肉代替鲸肉，并在东北大连建起合资肉用养马场。

伊犁人也似乎忽然间重新发现了这块土地的灵魂，开始过起了一年一度的"天马节"。我因远在京都尚无缘亲临其境参加一次盛况空前的"天马节"，但我衷心祝愿"天马节"经久不衰，越过越红火。我想天马定会驮起家乡各族人民，展开神奇的双翼，高歌飞向二十一世纪。

1994.4

天山脚下的哈萨克人

瞧，这座巍峨的雪山，多像一位须发皆白的百岁老人。亘古以来，它就屹立在我们哈萨克草原，默默注视着这里的变幻风云，凝视沉思着从它身边流逝的漫长岁月！

哦，沉思的雪山老人，请打开你记忆的扉页——那在你身边世代繁衍驰骋的乌孙、康居、钦察、乃曼……不就是我们今天的哈萨克吗？千百年来，草原上的风风雨雨，造就了哈萨克人像雄鹰一样剽悍勇猛的刚强性格；哺育哈萨克人成长的草原母亲，也给了儿女们像她一样坦荡辽阔的胸怀。

　　的确，我们这个勤劳勇敢的古老民族，曾经在疏通古丝绸之路，促进人类东西方文化交流方面做出历史的贡献。当然，在后来的岁月中，我们哈萨克人的先辈和中华各民族一起，为反抗封建统治流过鲜血，也为反抗反动统治的民族压迫，为中华民族的解放事业贡献出自己儿女的生命，从而终于迎来了解放。在新中国，我们哈萨克人的生产、生活有过真正按照自己的意愿繁荣发展的时刻，谁知"四人帮"竟像一股寒潮般袭向春日的草原。不过，寒潮再凶，毕竟阻挡不了春天的脚步。十一届三中全会以后，我们哈萨克人的生活如同插上了雄鹰的翅膀，日新月异，飞速发展。

　　这不，连草原上的歌声也不同了。雪山老人知道，歌声伴随着哈萨克人降生，歌声也伴随着哈萨克人送终。但是，过去的低沉曲调已被今天的欢快曲调代替，每当喜庆佳节，或是阿肯的赛歌会上，没有哪个哈萨克人不会唱《阿吾勒六唱》的。怀抱冬布拉的阿肯，横握色布兹克的牧人奉出的一首首雄浑、优美的乐曲，无不表现着哈萨克人民热爱新生活的深沉感情。

　　不过，雪山老人心里清楚——虽然我们哈萨克人生活在今天，但并没有因之遗弃丰富多彩的民族文化。瞧吧，出自哈萨克妇女之手的色彩斑斓的图案、织锦，和那精工巧匠精心雕嵌的金银首饰、器皿、鞍具、木器用具及各类革毡制品，令人眼花缭乱，叹为观止。还有许多有趣的传统风俗，比如姑娘追、叼羊、赛马、摔跤……这些仍然是哈萨克人生活中的重要内容。每当盛夏，哈萨克草原风光旖旎，气候凉爽宜人，各方贵宾便会被有声有色的哈萨克生活深深吸引，不辞辛劳，纷至沓来。雪山老人依然银装素裹，只是露出和蔼的笑容，静静地欣赏着欢腾的草原、迷人的美景……

当然，有雪山老人为证，今天的哈萨克人，绝不仅仅生活在草原上，我们已经拥有了自己的科学家、教授、作家、诗人、艺术家、医生、干部、工人……他们正在各自的工作岗位上，为实现四化宏图努力做出应有的贡献。

你呀，雪山老人，又在默默沉思着什么？我想，你一定在展望我们这些草原儿女的未来。

1983.8

面对上帝的微笑

　　我很喜欢米兰·昆德拉的作品，最早读到的是他的名著《生命中不能承受之轻》。作为一位中国读者，阅读米兰·昆德拉只能按其作品译成汉语的先后顺序，而不是作品问世的顺序。正因为如此，这部作品给我带来的最初震撼是出乎预料的。应当说他是一个反复咀嚼过人生的作家。他对于人世的不平、虚伪、邪恶、丑陋有着一种独到的观察、体验和理解，他对人世间的背叛、出卖、欺诈、倾轧、堕落、强权、压迫都有着令人胆战心惊的描写。当他的祖国在一夜之间成了无名的世界，他所喜爱的托马斯医生失去了处方权，而成为一个窗户擦洗工时，他唯一奉行的"非如此不可"的原则，就是不肯背叛的良知。托马斯医生为此付出了代价（甚至是生命的代价），他受到上司的诱迫，秘密警察的盘查，激进者的怀疑，以致陷于一种难以排遣的苦闷。他与异性展开马拉松式的肉体的搏斗，但这一切均不能使他获得解脱，犹如杜布切克在电台讲话中那些可怕的停顿和喘息一样。他最终在苦闷中离开布拉格，去乡间与那些将猪崽作为宠物的农夫们相处在一起，只是这样的时光也是短暂的，最终他在一场意外的车祸中死于非命，带着他的天真、轻信和缺乏经验去了。他实在是承受不了生命中比沉重还要令人难以置信的轻。

米兰·昆德拉说，小说已不是作者的自由，是对人类生活——生活在已成为罗网的世界里——的调查。作品中的人物不像生活中的人，不是由女人生出来的，他们诞生于一个情境，一个句子，一个隐喻。简单说来那隐喻包含着一种基本的人类可能性，在作者看来它还没有被人发现或没被人扼要地谈及。他说他小说中的人物是他自己没有意识到的种种可能性。正因为如此，他对他们都一样地喜爱，也一样地被他们惊吓。他们每个人都已越过了他自己固定的界限。对界限的跨越（他的"我"只存在于界限之内）最能吸引他，因为在界限那边就开始了小说所要求的神秘。但是，一个作者只能写他自己，难道不是真的吗？他这样诘问自己。这同样是他作为一个小说家的心迹。

是的，他和托马斯医生同样对一夜之间失去家园感到苦闷，于是，他与托马斯医生同样具有的天真，使他产生了一种更具天真的幻想。他企望来自世界另一端的正义。当特丽沙带着关于在俄国坦克前亲吻着行人以示抗议的姑娘的照片，走进瑞士的新闻图片杂志社，以期让世人看到捷克人仍戴着不幸的光环，赢得好心的瑞士人为之感动。图片社编辑请她坐，看过照片又夸奖一番，然后解释，事件的特定时间已经过去了，它们已不可能有发表的机会。米兰·昆德拉惊呼：并非这些照片不够美！特丽沙也反驳道，这一切在布拉格并没有过去！那是你们不能相信的，这儿没人关心这一切。这是她没能吼出的心声。这既是特丽沙的失望，亦是米兰·昆德拉的失望。

现在看来，只是人家有人家的生活，人家有人家所要关心的事物。诸如裸体主义者的海滩杰作，诸如仙人球或是玫瑰花什么的。甚至建议特丽沙最好首先当当模特儿，碰碰运气，成为一流时髦摄影家。对特丽沙所表现出来的"一种激情的憎恨"，只能被认为她是"生错了时代"。面对这近乎冷酷无情的漠然，似乎失望或谴责都显得苍白无力。因为你原本不该把希望寄托在他人身上。在这里，我又感觉到米兰·昆德拉的天真——与他的主人公们同样的天真（更令特丽莎内心备受折磨的是，她在事件之初发表在西方媒体上的那些照片，已成为秘密警察手中最好的佐证，许多人因此而遭不幸）。对于天真，在我家乡用一句话加以宽宥：你这吃了生乳的凡人子嗣！是的，人自打娘胎里生下所吃的第一口母乳就是生的，所以人与生俱来便有其难以克服的天真的天性！

倒是在某一个瞬间，在萨宾娜的脑海里对美国参议员朋友闪现过一个幻影：这位参议员正站在布拉格广场的一个检阅台上。他脸上的微笑，就是那些当权者在高高的检阅台上，对下面带着同样的笑容的游行的公民发出的笑。当德国的一个政治组织为她举办一次画展时，冠以"她的画作是争取幸福的斗争"，她愤怒地提出了抗议，宣称她的敌人是媚俗。从那以后，她开始在自己的小传中故弄玄虚，到美国后，她甚至设法隐瞒自己是个捷克人的事实。唯一的目的，就是不顾一切地试图逃离人们要强加在她生活中的媚俗。然而看来，在一种境遇下的愤俗，很容易导致在另一种境遇下的媚俗。真是"永劫回归"。生活的逻辑常常让智者无所适从。难怪人们一思索，上帝就发笑。

读着米兰·昆德拉被译到汉语世界的几部作品，领略这位大师的睿智和其作品的艺术魅力的同时，一个作家作品的独立风格与形式和手法雷同之间的界限在我眼前愈发变得模糊起来。几乎他所有的作品都是以第一人称切入或化出的方式加以叙述，且时时加入大段大段的具有哲学意味（有时是大众哲学色彩）的论述，不免给阅读的愉悦带来一种压抑和沉闷的气氛。我想倘若经典作家的作品是在截然不同中显现艺术特性的话，那么现代艺术似乎是在雷同中寻求毫厘的差异，正如托马斯医生一度孜孜以求地要探寻那百万分之一的不同一样。稍不经意，也许你就无法触及一部作品行将展示于你的深奥内涵，也由此往往令作家感到失落和陷于难遇知音的悲愤。我不知道这究竟是艺术的浪尖还是波谷。而且当冷战、后冷战均已时过境迁的今天，在他作品中洋溢着的冷战、后冷战时代的一种特殊的思维逻辑，让人清晰地感触到作品隐含的某种硬伤，而这种硬伤将随着时代的推移愈发凸显。莫非这就是作家难逃的时代和历史的局限？

1998.4

读书漫笔

　　有一次，一位文友到我家来，见我正在阅读《新唐书》，有些费解地说，你读这些书干吗？这是我们汉文化中最腐朽的一些东西，我是一概不读这些玩意的。

　　他这是一种地道的东方式的幽默和自谦，其实他未必就不读或不喜欢读史籍，或者当真就把这些史籍当作腐朽的糟粕来看待。但阅读史籍或杂书，对我来说是一种享受、一种乐趣。这种阅读带来的收获，远胜于阅读那些苍白、乏味儿的小说，或佶屈聱牙、故作深奥的诗作。

　　我常常游历于中外史籍中。这种阅读往往让人思绪在无限的历史空间自由翱翔，使心灵获得一种升华，获得一种恒久的激情。而激情也是需要积淀的，积淀得久了，便化作一种沉静，一种自信。倘若蕴藏于字里行间，自然而然地流露，那便是一种凝重，一种魅力所在。

　　对于一个作家来说，缺少历史的眼光，那将是最大的缺憾。在精读经典文学作品、广泛涉猎文学新作、及时了解文学发展态势的同时，多读一些史籍杂书，可以开阔视野、活跃思路，获得一种从历史角度冷静观察、审视和把握事物发展本质和活生生的人的最佳视角。

　　其实，真正的经典史籍本身就是一部优秀经典文学之作。比如司马迁的《史记》，有些章节迄今为文学史家们奉为短篇小说的典范。当然，这种注脚有时不免有些牵强，但《史记》对人对事栩栩如生的刻画，的确摄人心魄；对历史事件的忠实记载和历史细节的真实描写，以及简洁凝练的笔法，冷静超然的叙述，均让今人折服。

　　被称之为"历史之父，也是散文之父"的古希腊史学家希罗多德的不朽之作《历史》，则让人眼界豁然开朗。他在这部著作中开宗明义地说道："不管人间的城邦是大是小，我是要同样地加以叙述的。因为先前强大的城邦，现在它们许多已变得默默无闻了；而在我的时代强雄的城邦，在往昔却是弱小的。这二者我之所以要加以论述，是因为我相信，人间的幸福是决不会长久停留在一个地方的。"言辞间透着一种沧桑、一种豁达、一种客观冷静的叙事心态。这不只是一部史书，还是一部最古老的文学作品之一，一部鸿篇巨制。那完美的结构，严谨的思路，那勾魂摄魄的情节，令人震慑的细节，那活生生的人物，无不让人叹服。什么是结构、什么是铺垫、什么是叙述、什么是衔接、什么是转换……在这部产生于两千五百年前的著作中，十分完美地展现在眼前。整部作品气势恢宏，具有一种睿智的洞察力，笔调犹如行云流水。

更让我惊讶的是，作品描述的巫女佩提亚谜语般的预言，聪明的国王自作聪明的行为，及至最终铁一般冷峻的现实应验，是那样自然而然地从字里行间流泻出来。我曾为马尔克斯的《百年孤独》中那部无人读懂的羊皮纸书的情节设置折服——当最后的子嗣已经读懂这部尘封的羊皮纸书时，与书中预言的一样，老布恩地亚家族业已走向毁灭。然而，早在二千五百年前，希罗多德便已运用了这种令当今世人倾倒的"魔幻现实主义"手法。你瞧那个忠于主公的巨吉斯，为了表示对主公的忠心耿耿、百依百顺，在主公再三要求下窥视了妃子的裸体，激怒了妃子，最后他不得不在妃子的要挟和唆使下，在她卧榻亲手杀死熟睡的主公坎道列斯，坐上了吕底亚王国的王位。当时那位传达神托的女巫佩提亚就曾预言，巨吉斯的第五代子孙将受到海拉克列更达伊家的报复。实际上，在这个预言应验之前，无论是吕底亚人还是他们的历代国王根本没把它记在心上。然而当巨吉斯家族在位一百八十一年，到第五代孙克洛伊索斯时，最终被波斯人居鲁士所灭。果然有如女巫佩提亚所预言的一样。只是由于洛克西亚司神（阿波罗神）的怜悯，才使吕底亚王国的陷落推迟了三年。

女巫佩提亚在回答克洛伊索斯的王国国祚是否长久时，曾隐喻道："在一匹骡子变成了美地亚国王的时候，那时你这两腿瘦弱的吕底亚人就要沿着沿岸多石的海尔谟斯河逃跑了。"而克洛伊索斯却因为这个回答大喜过望，他认为一匹骡子是绝对不可能替代他做美地亚国王的，因此他认定他的后裔永远也不会丧失主权。

只有当他最终做了居鲁士的阶下囚，险些被活活焚死时，他才想起那个直言不讳的漫游者梭伦曾对他的一番忠言，茕茕子立于已经燃烧的薪火上呼喊梭伦的名字，引起居鲁士的注意并给予宽容，方幸免于难。那个女巫佩提亚说道："他甚至不懂得洛克西亚司（阿波罗神）给他的关于骡子的那个最后回答。因为那骡子实际上指的是居鲁士。居鲁士的父母属于不同的种族，不同的身份，他的母亲是一位美地亚公主……但他的父亲是个美地亚人治下的波斯臣民。"

所有这些，应当说对《百年孤独》是一种遥远的启示。而这仅仅是希罗多德《历史》的冰山一角。由于他忠实地记录了他那个时代及在他之前的每一个重大历史事件和历史人物，所以，构成这些历史事件的每一情节是自然发展的，毫无矫饰；活动着的每一个人物行为真实可信，命运各不相同。这一切都立体地、活灵活现地展示在读者面前。希罗多德认为：历史不只是一些突出的、并不相互连贯的事实的排列，在它表面上的混乱下边，必然有一种统一性和连贯性存在，历史学家的职责就是区别比较重大的事实和比较细小的事实并以适当的顺序把它们联系起来。他从那些被看作历史的大量杂乱无章的素材中，构思出有条有理的故事。希罗多德深深感到那种"历史的庄严高贵"也使他成为一位道德家。在他的整个叙述中，展示了那个时代的人类智慧，并以历史实例进行教诲。

应当说，这也是文学的最高境界。只是似乎文学自身有时正在逐渐淡忘、偏离本属于它的最本质的特征。这也许是我们过于急躁，过于热衷于"标新立异"的结果。于是我们往往沉浸在狭小的生活空间，津津乐道于向世人展示一己的内心体验，既不知过去，也不思将来，支离破碎，迫使读者纷纷远离文学。恍若燥热的季风，将拥挤的文学"标新立异"者，如蒲公英羽冠般吹拂得到处飞扬，轻飘飘的甚是茫然。我以为静下心来多读一点书，尤其抽空读一读那些文学以外的各类书籍，可能会给你带来另一种感觉，另一种心境，另一种视野，另一种思路。同时，可以让你摆脱艺术上的盲目和盲从，真正用自己的头脑来思考、来写作。因为，最新的东西不一定是最好的，速成的东西往往也容易速朽。文学作品毕竟不应成为流水线上的快速生产品、批量组装物。不要最终"生产过剩"又轮回到高尔基曾说过的制造大量的"语言的垃圾"。尤其在世人竭尽全力清除"白色污染"的今天，更应该保持清醒，摆脱浮躁，努力静下心来，潜心阅读，深入思考，精益求精，面向新世纪多拿出一些艺术精湛、内容健康向上、风格独特的作品来。

1998.1

天下建筑何相似

这几年，我走过长江沿线各省市。长江两岸富庶的水乡，风光旖旎。在高速公路两旁，建起一栋栋的农家小楼绵延千里，替代了昔日低矮的农舍茅屋，令人欣慰。沿途的城镇，也清一色地拓宽了马路，盖起了新楼。只是那些新楼风格、格局竟惊人的相似，甚至连墙体建筑材料都是一致的，或为马赛克贴面，或为玻璃体墙幕，透着一种几近单一的韵味。

对于昨天还住着茅屋的农民来说，能住进用钢筋水泥构造的小楼，是一种翻天覆地的变化。较之昨天，当然是一种飞跃。的确，中国农民告别了千百年来的贫穷，告别了茅草房，住上了小楼，过上了曾经梦寐以求的"楼上楼下，电灯电话"的日子，更何况一应俱全的现代家用电器已经步入眼前这些农民的家舍，正在改变着他们的生活方式，提高着他们的生活质量。

不过，当我看到绵延成百上千公里的广袤大地上，坐落着几乎是一样的朝向、一样的高低、一样的门窗结构、一样的材质建造的格局相同而又远离传统的房屋时，不免又生出几许愁绪来。眼前的建筑群落正在无声地印证着他们作为缺少文化的一代，难以逾越自身障碍的缺憾。看来单纯富裕并不意味着拥有文化。财富的积累方式和文化的积累方式往往不成正比，财富有时可以靠一代人一时一世奇迹般积累起来，文化却不是可以靠一代人就能积累起来的。突然聚积起来的财富有时可以让一个人变得盲从、任性，却不能让一个人具有个性。真正的个性，蕴含于一个人所具有的文化修养中。

是的，这些毫无个性的民居，只能代表着今天的特点，一旦这些农民的第二代、第三代成为有文化、有知识的新一代，就会追求属于自己个性的居室，于是，就像父辈们告别昨日的茅草屋一样，将告别今日雷同的小楼，重新建设。从某种意义上来说，这将为中国的建筑、设计、建材市场打开一个潜在的新一轮发展的广阔天地。

　　我有幸走过东北、江浙，远至两广、闽地、川渝、云贵高原，所到之处，满目皆是风格同一的建筑。甚至走到青藏高原，走到新疆，那些城市的道路是一样的布局，建筑风格也是一样的，而马赛克贴面和玻璃体墙幕连色彩都是一样的。

　　在经济飞速发展的时代，建筑发展更新的势头十分迅猛。同时带来一个十分凸显的问题，大江南北，神州大地，建筑风格呈现惊人的雷同化趋势。加之在这个旅游成为时尚的年代，伪文化正在借势悄悄兴起，风靡于世。于是，只要你去过一村一镇，细细地走过一个城市，便觉足矣。飞速发展的经济浪潮，早已使许多老城荡然无存。也许这是另一种意义的"海啸"。但我以为对于这种"海啸"之后的"紧急救助"也应迅即启动，否则晚矣。

　　在北京，几天不到一个地方，那里就要变样。故宫的辉煌早已被周围林立的高层建筑所包围，形成一个锅底状。那些把老城区肢解得支离破碎的现代建筑群落，无不显示着它的雷同性。而这种雷同性，随着城市建设步伐的加快，也在迅速蔓延。

　　北京真正意义上的现代高层建筑，是从二十世纪五十年代的十大建筑开始的。那十大建筑倒是风格迥异，迄今成为北京的标志之一，凝固和浓缩了那个时代的特征。七十年代末八十年代初期，从前三门一带的高层民居、宾馆，翻开了建设新的一页。坦率地说，正是从这批建筑开始了所谓千篇一律的"火柴盒式"模式。之后，成片的居民小区、见缝插针般建起的住宅塔楼、林立的写字楼、宾馆饭店，如雨后春笋般拔地而起，使原本开阔的北京的天空变得低矮狭窄，人们的视线频频受阻。及至目前，成片开发金融街、商务区、高新技术区、别墅区等，建筑风格大同小异。一方面，我们可以为这种建筑雷同现象的出现予以开脱——那是时代的局限，无人能够超越。但从另一方面，又应感到紧迫，时不我待。因为，城市建设速度太快，以至于这种建筑风格的雷同化现象体现得过于集中，将会留下无可弥补的历史遗憾。

时代发展到今天，我们应该清醒起来，不要匆匆忙忙搞建设，给后人留下一个单一风格的城市。应当从立法、执法、规划、设计、投资、融资、施工、建设，到行政管理手段等诸多方面，与时俱进，协调发展，着手遏止、解决眼下四处蔓延开来的建筑风格雷同化的症结所在。

城市建设的速度当然不能放慢，但是，对于建筑设计者和建设者们可以提出更高的要求，请拿出你富于个性的设计来，请建起你独具风格的建筑来。建筑设计和建设应当对一个时代、一个国度、一个民族负起历史责任来。通过建筑艺术，浓缩历史和今天、传统与未来，共同创造多姿多彩的明天。

2001.7

关于孩子的话题

我是出生在新疆伊犁的哈萨克族人，夫人是云南大理的白族人。一北一南的家庭组合，使我们的孩子像候鸟一样，夏天北京酷暑难耐时可以去新疆避暑，冬天北京寒风袭来时可以去大理度冬。平时有机会外出，只要与孩子的学习时间不冲突，我们都会带他一起出门。不为别的，只是想让他从小多获得一些开阔眼界的机会，古人不是有言，要读万卷书，行万里路吗？所以他小小年龄几乎走遍了大半个中国。

出门我对孩子只有一点要求，要做一个有心人，要留神身边发生的一切，尤其要学会观察细节，铭记于心，同时要有自己的思索和判断，一有机会就要把自己的想法和觉得有趣的事情记到纸面上来。当然不是记流水账，也不要求他天天记写什么，不能让他从小陷于文字（写作）恐惧症。让他观察和写作，不为别的，只图有利于培养他清晰细致的思路和简练准确的表达能力，有利于他综合素质的提高。至于将来能做什么，社会、时代和孩子届时会做出双向选择。

2000.10

凤凰山下新华村

对于鹤庆,我是别有一番情感的。我的夫人景宜是白族人,祖籍便是鹤庆。因此,在中国作协全委会在春城昆明召开期间,云南省作协副主席杨红昆先生告诉我,正在安排陈忠实、陈世旭等一路作家会后要去鹤庆新华村观光采访,问我能否同行时,我便欣然应允,加入了这个行列。

对于新华村我几乎耳熟能详,景宜不止一次提起过这个村名。她说那里家家有作坊,户户是工厂,人人都有绝活,新华村打造出来的银器,工艺精湛,声名远扬。她因为正在写作一部关于白族历史文化的作品，近年来不止一次来过鹤庆，来过新华村采访。她甚至从新华村戴回纯粹白族风格的银制首饰，从那一枚枚首饰精巧绝伦的设计和细密无双的工艺纹路上，可以看出新华村人的心智，也透射着白族人民的智慧与才华。是的，大理的石匠、剑川的木匠、鹤庆的银匠……白族人民就是用这样一双勤劳的双手，描绘着家乡秀丽的山川。

然而，当我真正走入鹤庆，走入新华村时，还是被这里的一切深深地吸引住了。

鹤庆地处滇西北，大理白族自治州北端，位于大理—丽江—迪庆旅游黄金线的轴心。金沙江流过县境，这里山川雄奇，景色旖旎，河谷平坝错落有致，江河湖泊星罗棋布。鹤庆不仅有"文献名邦"的美誉，还有独特的地理优势，使这里又孕育了一代代的能工巧匠和独特的马帮文化。而这一点，在今天这个旅游文化风靡世界的时代，或许对世人更具魅力。

新华村就是一个缩影。

新华村坐落在鹤庆县城西北七公里处的凤凰山下。凤凰山乃是逶迤而去的鹤庆坝子的阳坡。在整个北方地区，森林一般只生长于阴坡，而阳坡往往都赤裸着，除了草本植物，只会生长一些低矮的灌木。此时此刻，在这个初春的季节，凭借着高原晌午的阳光遥望凤凰山，蓦然间有一种回到北方的感觉。

当汽车直逼多石的赤褐色的凤凰山下时,扑面而来的却是一片泽国。冬日里,这里是由北方南下的候鸟的天然乐园。而现在,候鸟已经北去,水面显得恬静而安谧,透着一种对于刚刚逝去的喧哗的惬意与满足。公路从一片被称之为草海的湿地湖泊间切过,抵达那片被绿荫掩映的村落。这里就是新华村了。被水泽环抱的村落,散发着浓郁的南国水乡的气息。

走进村子,家家户户都开着出售自制银器的小店铺。步入村民的院落,几乎每座院心都有一汪清泉在汩汩喷涌,令人不可思议。主人精心将泉水修成庭院的池子,在里边放养了鱼苗。有的人家甚至养了满池的虹鳟鱼,在清澈见底的泉水里,肥硕的虹鳟鱼群正在自由自在地穿梭。看来,水至清同样可以有鱼。

这就是新华村白族银匠们的院落。作坊就在院子里,或者在临街店铺旁。叮叮当当的金属敲击声此起彼伏,那些银匠旁若无人地做着手中的活计,精心打造着属于他们的艺术品。

村子里一群群的游人,在青石铺就的小道上来来去去。这里的白族妇女着装也和大理那边不一样。做导游的姑娘解释说,大理那边的姑娘头饰叫"风花雪月",鹤庆这边的姑娘头饰则叫作"蓝天白云"。虽说这里与大理也就是一山之隔,民风民俗却已然有了差异。

　　村子里几处都在起新房，有的人家刚刚在平地基，有的已立起了房屋的木框架，被刨光的原木在阳光下反射着柔和的白光，木材特有的淡淡的芬芳在村巷里悠然缭绕。也有几家已经盖好了新屋，正在修饰富有民族特色的廊檐……

　　不知不觉间我们便被引领到在新华村首屈一指的银匠寸发标家。这是一个典型的白族民居。一院的房屋分楼上楼下，木质结构，精心雕镂的花纹，把房屋装饰得韵味十足。我们不由得驻足欣赏起来。主人那天不在家，主妇得知我们是几位作家，便向我们热情介绍，带着我们参观她家楼上楼下所有房间。

　　寸发标家的作坊就设在院内的廊沿上，他的一个儿子、一个入赘女婿和小女儿的对象就在那里做活。被切割成的纤细银条，在他们手中有如柔韧的面筋，被随心所欲地摆布着。

　　现如今，当一切都进入流水线生产，所有的设计差不多是在用电脑完成的时代，寸发标家由他和他的儿子、入赘女婿们组成的纯粹的手工作坊发出的悦耳的金属旋律，由此打造出来的没有图纸、没有设计，源自心田深处的精美图案的银器，应当说件件都是艺术品，有其独特的存在价值。也许，当你看腻了液晶显示屏上毫无生命的三维图像的时候，来到新华村看一看这些白族匠人的现场创造，或许会获得另一种对人生的启悟与生命的感召。

寸发标所做的工艺品，有的已远涉重洋到了遥远的异国他乡，甚至为来访的外国元首打造过十分别致的金钥匙。而各种首饰、银器更是种类繁多，琳琅满目。在我们饱览寸发标家手工作坊制作银器的奥秘，离开他家时，同行的人，差不多都在他家的小店里选购了自己喜爱的银器。大家说，在这个假冒伪劣屡禁不绝的时代，不为别的，就为寸发标这个名字，就有一种真品收藏价值。

有趣的是，在这样一方白族工艺之乡，如今走出了一位商界奇才寸圣荣，他和他的盛兴集团，也是我此行才知晓的。原来他在十年之内靠自己的诚信与才干创造的盛兴这个神话，在云南几乎家喻户晓。据说现在已经挺进京城寻求发展。而在这里，在他的家乡，寸圣荣和他的盛兴集团雄心勃勃地要投巨资，全面打造"新华白族村"。也许，到那时再该来这里看一看。

但愿这只凤凰飞得更高更远。

2004.6

北京的风

北京的风很独特。

记得二十世纪八十年代初，春日里京城一刮起风，那黄沙漫天，几近昏天黑地，令我惊讶。当时，在心底里甚至不免有点黯然神伤——这也是泱泱大国之首都呀，刮起风来怎么会和沙漠一样呢?!

走在街上，遇着刮风天，人们灰头土脸的。一眼望过去，天空是灰色的，街道是灰色的，墙体是灰色的，人们的服装也是灰色的，北京的色调是灰色的。

　　加上当时，北京城刚刚开始进入大兴土木，二环、三环均在建设中。也没有现在的施工现场防止扬尘保护措施，到处是裸露的土表，一刮起风来，不用说来自西部的扬沙，京城的浮尘就够你一呛。

　　不过，爱美的北京姑娘自有绝招，将色彩斑斓的纱巾蒙在脸上，或蹬着坤车逆风而上，或顶风急匆匆赶往某一路公交车站。就是在繁华的王府井大街，风天照样能看到纱巾蒙脸的北京姑娘，信步走在那里，成为京城一道亮丽的风景。

　　当然，北京的风进入冬季会刮得更为猛烈。每一次的风，都带着一股凛冽的寒气，直袭骨髓。所以那时，北京流行起风衣。每遇风天，不免心生愠恼，这哪里像一座城市的天气呀，分明像一处冬牧场——烈风无休止地吹走雪被，人畜方能平安越冬。这不，风劲时，逼迫得骑车人摇摇晃晃地下车推着自行车，那身子变成了一张反弓形；而行人则不得不侧转过身来，背朝着风向，顶风踽踽而行。那时，汽车还没有进入北京人的家庭——或许那还是一个未来之梦，所以人们只能被风在街上随心所欲地撕扯。

　　随着我在京城生活得久了，渐渐地，从心里开始融入这座城市。我开始注意到，每当冬天，在烈风摇曳着树木赤裸的枝条，终于精疲力竭之余，却还给北京一片蔚蓝的天空。人们的心情也会随之与纯净的天空、灿烂的阳光一样舒坦起来。但是过不了一天，只要日落风止，城市的上空又要被烟雾弥漫。是的，在城市的西边——上风处，在五十年代趁着大跃进的岁月建起的首钢喷吐着黄褐色的烟雾，会迅即覆盖城市的上空。加上无数座取暖锅炉烟囱冒出的滚滚黑烟，千家万户取暖的蜂窝煤炉散发的淡淡的青烟和为了引火点燃的木柴烟交织在一起，整个城市的空气都充斥着一种令人几近窒息的混合烟味。那时，我百思不得其解，北京并不像我曾经生活过的兰州——四面环山——工业和生活烟尘无法飘散，北京只有一面向山——西边，北、东、南三面是开阔的平原，烟尘怎么就不能飘散……

很久以后我才搞清，原来，北京的上空二百到三百米处，有一个逆温层，活像一口锅盖，把整个北京城牢牢罩住了。尤其在冬天，人们创造的任何烟尘，都无法突破这个紧扣的"锅盖"挥散出去。只有那寒气袭人的烈风，才能掀开这个紧扣的"锅盖"，还给人们一片蓝天。于是，我不再为北京冬日的烈风而愠恼，甚至开始喜欢上了这种唯有北京才有的独特的风。渐渐地，几日没有风起，便要望望那越发浑浊的北京的上空，开始在心底暗暗念叨起风来。直到某个夜半或凌晨，当风在窗外呜呜地吹响时，我会从睡梦中醒来，对这袭来的风儿问一声早安,复又酣然入睡。我确信,翌日迎接我的将又是一片思念中的蓝天。

近些年来,北京开始真正发生了一些变化。人们开始认识到治理风沙源的重要性,携手投入治理北京西部的风沙源的绿化工程。对于工业粉尘污染也有了切肤之痛,采取了一系列坚决果断的治理措施。对于近在咫尺的基建工地扬尘污染,也采取了严厉的监控和问责措施。而北京自身的绿化也很出色,森林覆盖面积和城市绿地不断扩展。首钢开始迁往曹妃甸,旧厂区也一再减产限产。城市开始采取集中供暖。对于困扰城市的旧城保护区居民冬季取暖问题,笔者也曾投入出谋献策者之列,在 2000 年北京市政协九届三次会议提出《关于建议逐步实施电采暖取代燃油燃煤等传统采暖方式的提案》(第 03-0160号):

　　北京市通过采取二环路以内燃煤锅炉改为燃油锅炉措施,对减轻市区空气粉尘污染起到了积极的作用,取得明显成效,受到市民的欢迎。不过,在利益驱动下,依然存在不顾市府限令,违规燃用高粉煤造成污染的现象。燃油锅炉虽然可以解决粉尘污染问题,却根治不了废气污染问题,况且火灾隐患较大。

北京是个缺水城市，地下水位下降，冬季锅炉采暖用水量大，也是一个耗水因素。随着电力供应日益充足，建议逐步实施电采暖取代燃油燃煤等传统采暖方式。这样，一可以根治燃煤粉尘污染，二可以解决燃油造成的废气污染，三可以缓解缺水问题。此外，还可以带动采暖电器消费市场，扩大内需。同时，山西、内蒙古等地电能输送北京，对西部大开发也是一种支持。为此需要进一步下调北京市民用于电路改造增容费，逐步下调电费，采取鼓励用电的政策和措施。笔者单位去年响应市政府号召拆除燃煤锅炉，改用电采暖，告别了炉渣、告别了煤灰，形成了一个冬季清洁的小环境，而且，原来的锅炉房和储煤房也腾出他用。可以说，电采暖十分符合北京市情。

笔者的这些建议得到政府有关部门的积极回应和采纳。北京市这些年来开始分阶段实施"煤改电"，且相关政策和措施逐步完善配套。2008 年 1 月 15 日《法制晚报》A15 版刊载了一篇报道《"煤改电"完成居民电采暖》，以 2003 年起成为平房保护区电能采暖示范点的东四街道为例，介绍了白天峰值用电价和夜间低谷用电价等便民措施，以及每年采暖季节，每位居民可获得一定补贴（二选一）：1. 每人 15 元/平方米的补贴，由单位或街道发放；2. 享受低谷用电时段 0.2 元/度的补贴，相当于一度电只花两毛钱。居民可拿卖点凭证，到街道实报实销。这是一个生动的实例之一。

显然，所有这些措施，对净化首都的天空，起到了积极的作用。北京的空气达标的天数，已达到 2007 年的 246 天，比九十年代末期增加了 146 天，为绿色奥运创造条件的同时，也使这座国际性大都市，日益成为宜居城市之一。

当然，北京上空的那个"锅盖"尚在，而北京冬天无风的日子却越来越少。2006 年年底，连续近一个月无风。于是，市委书记刘淇也为此上心，在一次与政协委员见面会上，他恳切地说，由于连续近一个月无风，北京年初确立的空气指标，险些没有达标。

瞧，北京的风的确有它的独特之处。

现如今，我和北京的风有一种默契，就像两个真正的男人之间那种心领神会的默契。每当京城的上空又被浊气笼罩时，我便要祈盼着来一场风吧。于是，期盼中的风迹迅捷地掠过京城的上空，那隐形的锅盖终被短暂地掀起，我便会和城市一道呼吸一口洁净的空气，舒心地望一眼纯净的蓝天。

的确，现在北京城开始告别了沙尘、烟尘、粉尘、扬尘，可是随着小汽车迅速进入家庭，尾气污染又成了京城新的顽疾。只要几日无风，汽车尾气会在北京上空的那个"锅盖"下愈积愈多，俨然会织成一道灰色的烟网。于是，我又会思念那独特的风。

是的，让风来得更强劲些吧。

2008.3

岷江浮尘

　　当得知四川阿坝藏族羌族自治州汶川县发生 7.6 级（之后改为 7.8 级，最终确认为 8.0 级）强烈地震时，我的心骤然收紧了向下坠去——那里山高水急，河谷幽深，在刀削一般耸立的峭壁与湍流之间开凿出的公路，细若游丝，消失在近在眼前的弯道那边，绕过那些尖利的岩石把你引向谜一样的远方。即便在平日里发生塌方抑或落下几块滚石，那路就会被拦腰阻断，真不知道这突如其来的地震会带来什么样的灾难！我想象不出那里的现实场景，心急如焚……

是的，那是一个我所熟悉的地方。2003 年我在《民族文学》工作期间，9 月 2 日至 8 日与阿坝藏族羌族自治州在汶川县共同举办了一次少数民族文学创作笔会。除了部分来自全国各地的少数民族作家，还有当地的羌族作家谷运龙——他也是该州副州长（现任州委常委）、土家族作家周辉枝、藏族女诗人康若文琴、汉族诗人牛放、羌族诗人叶星光、羊子（杨国庆）、雷子、梦非、罗子岚等一大批作家参加笔会。就是在此次震中汶川县，我们住了几天，在那里组织各民族作家创作交流，充满了一种民族亲情与诗意。

县城所在地威州镇坐落于岷江与杂谷脑河交汇处，茶坪山脉、邛崃山脉环绕县城。在县城西南沿河逶迤而去的大山背面，便是著名的卧龙自然保护区——熊猫繁育基地；沿着卧龙自然保护区河谷攀缘而上，可以抵达四姑娘山雪峰。沿着县城伸向东北方向的公路驰去，一路将经过茂县、叠溪地震遗址、松潘，直抵风景名胜黄龙、九寨沟。从县城向西北驶去，则要途经理县，抵达州府马尔康。应当说，这里是岷江流域的交通枢纽，颇为繁华。

这里是羌族人民的世代家园，历史悠久。相传是大禹的故乡，那位为了治水"三过家门而不入"迄今传颂的先圣，就是在汶川绵池镇高店村、玉垒山一带石纽诞生。他自此走出岷江河谷，足迹遍布中原大地，平治水土，种植五谷，造福百姓。在远离岷江蜀地的广袤大地，流传着大禹留下的千古故事。即便在濒临东海的浙江绍兴，在那里还有一座大禹陵、大禹庙和大禹祠堂。这位圣人，成为中华民族的精神支柱之一，支撑着代代生生不息的中华民族子民的精神世界，哺育着他们，绵延于今。

而在此刻，这里发生了强烈地震！

大禹的故乡安在否？这里的人们和我所熟悉的那些作者是否平安？我的心惴惴不安。在第一时间，我急匆匆试拨过几个手机、座机，全部不通。

当日下午，我是收到一封错发的短信，才得知在某地发生了地震。但不得其详。这也许是虚拟空间的恶作剧？更何况是一个晚辈错发的短信！他很快又发来短信向我道歉了，错了，叔叔，发错了，请原谅！我也当即回复他，没事的，孩子。我试图安慰他，通过虚拟空间伸出手去抚平他心头的错愕与尴尬。我常常收到这种错发的短信，我想是我名字字音的缘故——我的名字被排在拉丁字母头一个音，因此往往被收在朋友们手机电话簿的首位，一不小心就会把本该发给别人的短信错发到我这里来。此时，我只是心头一乐，瞧，又错了！我对自己说。我的办公室在四层，当时全然没有什么地震的感觉。

只是后来才得知，当时确有人冲出楼去了。旁边那座高层写字楼的白领们几乎全挤在了楼前开阔的停车场。而我却浑然不知在遥远的汶川，在曾经给我留下美好记忆的美丽山川，已经发生了一场毁灭性地震！

当我到办公楼八层一个部门沟通工作时，方得知确实发生了地震，刚才他们有震感。我有些惊讶我怎么会没有感觉，一定是方才我处理文字过于专注了，抑或是我已经开始变得迟钝？回到办公室便上网浏览，毕竟是信息时代，网上发布了准确信息——2008年5月12日14时28分，在我国四川省汶川县境内发生了7.6级强烈地震！震中北纬31.0度，东经103.4度！

天哪！汶川发生了强烈地震！

在那幽深狭长的河谷里、在两河汇流处发生强烈地震，会造成什么样的灾难！

常识告诉我，震中意味着那里将山崩地裂！

那座古老而又崭新的县城安在否？这里的人们和我所熟悉的那些作者是否平安？那些屹立于岷江两岸的古老碉楼是否依旧？那些迷人的羌寨是否安然无恙？

我的心在受煎熬。

媒体传来消息，地震发生不久，温家宝总理已飞往灾区。

我觉得事态肯定严重。网络媒体证实在北京通州区（北纬39.8度，东经116.8度）发生3.9级地震。各地网友同时传递着当地有震感的消息。海南、云南、四川、湖南、重庆、江西、湖北、北京、甘肃、山西、内蒙古都有不同程度的震感。就连天涯海角的海口，一些写字楼员工下楼疏散，道路边上站满了人……

　　小时候，在哈萨克草原常听老人们讲，大地是被顶在一个硕大无比的黑公牛犄角上的，当黑公牛一只犄角顶累时，便要把大地挑到另一只犄角上去。于是，大地就在这头黑公牛挑换犄角的当儿，会发生剧烈的地震！由此在幼年，每当见到那些健壮的黑公牛时，心底里便会莫名升起一种暗自的敬畏。我那时百思不得其解，那是一头什么样的黑公牛呀，它用犄角顶起大地，它自己又立足何处呢？它的犄角又顶着大地的何处呢？

　　看来，黑公牛的犄角这一次是顶在了汶川……

　　晚上，地震灾区下起了雨。感谢这个时代，随时随地都可以传播信息。我从电视画面看到温总理在一个临时搭起的雨篷下，紧急召开现场办公会议，在第一时间部署抗震救灾。屏幕上传来雨帘下都江堰市倒塌的建筑和校舍，残垣断壁令人触目惊心。

　　5月13日上午，温总理冒雨前往都江堰市新建小学察看灾情，看见救援人员正在教学楼废墟下抢救被困的小学生，温总理蹲坐在废墟上对着孩子说，我是温家宝爷爷，听爷爷的话，孩子，一定要挺住，我们一定会救你出来的！一国总理禁不住流下热泪。那个废墟下的孩子终于得救了，电视机前的我双眼也噙满了泪水。我们很快得知，这是一个七岁多的小女孩，名叫王佳淇。可怜而幸运的孩子！

然而，在这个信息时代，震中汶川县却音信全无！交通也已经阻断！看来，是那头黑公牛作祟，在挑换犄角的当儿，不但粗野地顶穿了汶川大地，而且把电信光缆也全搅断了。在大自然面前，看来人类还是显得渺小。但人类只要精神不垮，灾难总会过去，无须敬畏那头黑公牛，我们终会重建家园。

那是夏末初秋时节。当我们行驶在岷江上游叠溪的"之"字形山路上时，一团团的雾霭升腾于河流对岸的半山腰间。同行的东乡族青年作家了一容，用浓重的西海固方言问道："艾老师，那是烟尘吗？是什么？"的确，在他的家乡宁夏的西海固地区，干旱少雨，即使有雨、有云、有雾，也不会有蜀地山川这样的雾霭，他感到惊奇也就不足为怪了，何况他是第一次进入南国蜀地。参加笔会的作者，从松潘、黄龙、九寨沟采风回来，还要赶回汶川，从那里顺江而下，沿着来路经过映秀、漩口、紫坪铺、都江堰，才能抵达成都。除了当地的作者，还有一部分来自全国其他省区的少数民族作家——辽宁满族作家孙春平、西藏藏族作家扎西达娃、内蒙古蒙古族作家阿云嘎、贵州仡佬族作家赵剑平、布依族作家吴昉、湖南苗族作家向本贵、湖北土家族女作家叶梅、新疆的哈萨克族诗人塔佩·卡伊斯汗、回族翻译家苏永成等。车上充满了欢声笑语。在那个路旁小镇，沿路摆满了当地农民出售土特产的简陋摊位。从车上下来，大家都在认真浏览这些摊位。当地作者告诉我，1933年，在此刻我们驻足的叠溪发生过7.8级大地震，叠溪城沉没，形成了方才七珠山垭口的堰塞湖泊。而附近的羌寨碉楼却安然无恙。1976年，松潘、平武发生7.2级地震，距震中较近的黑虎碉群和羌寨羌碉却完好无损。他们不无骄傲地说，这不能不说是建筑史上的一个奇迹。我在心底为这些奇迹般屹立的碉楼建筑感佩。我的羌族兄弟，你们的一双巧手，的确创造了人间奇迹。

在汶川的那几日里，在岷江边上，我们参观了一处羌寨——桃坪寨——那里应当是理县县境。村头便屹立着高耸的碉楼，羌语称呼它为"邛笼"。那一户户的人家，院落连着院落，一条山溪曲回蜿蜒，流经每一户人家的暗渠，是那样的智巧。而院落与院落之间的壁垒暗道，更是把家家户户连接成连环城堡。从战火频频的古代来看，应当是易守难攻。院落里每一户民居房顶都砌有女儿墙，那里也是女人们劳作的场所，晒粮、养花，抑或农闲时专织女红。女儿墙正中或转角处筑有塔子，羌语称"纳萨"，"纳萨"顶上，镶嵌有五块、七块、九块不等的洁白的石头，羌语称之为"阿渥尔"。这些白石，看似是羌族碉房的一种装饰，其实是羌族百姓心目中至高无上的圣物，是神灵的化身——神灵驻足人间的居所。居中最大一块白石，便是羌族传统文化中神圣无比的天神"阿爸木比达"的象征。显然，羌族也是一个尚白的民族。尚白心理也与我们这个草原民族相通。

我看到那位秘鲁游客所拍的 DV 片子，镜头摇晃得厉害，不过得感谢他穿过赤道与北回归线，来到青城山拍下了地震发生时的真实画面——在地动山摇的瞬间，烟尘不可思议地从树丛间腾起，越过树冠，向路旁战栗的屋顶压来。那位汶川县电视台沉着敬业的记者在地震十分钟后拍摄的画面，令人犹如身临其境，岷江上空的世界被浮尘吞没。那不是了一容和我们共同目睹的烟尘——雾霭，那是从地心深处喷出的久抑的叹息！那些倒塌的楼宇，是经受不住浮尘的压力而崩溃的。到处是废墟瓦砾，横七竖八的混凝土残件，露出一些锈蚀狰狞的钢筋，困扼着来不及避出的生命。亟须拯救的生命！

那些躲过一次次劫难的碉楼安在否？我们共同游历的那座

桃坪羌寨安在否？流经的暗渠流水是否依然潺潺？天神"阿爸木比达"的象征——美丽的白石是否依然镶嵌在女儿墙上的"纳萨"顶上？我的尚白的羌族兄弟，你们是否平安？

汶川交通中断，通信全无。雨接连下了两天。直升机也无法飞进震中灾区。冲锋舟从紫坪铺水库逆流而上。镜头告诉了我们那里发生了什么样的灾难！

赵剑平给我打来电话，他的语气沉重，听得出在强压着悲伤。他说，老艾，有那年参加笔会的作者们的音信吗？这地震造成的损失太惨重了，我这几天心里老是惦念着他们，不知道他们怎么样了。我说，我也一直在打电话，但是始终未通。他说，能把他们的电话给我吗？我便一一提供了我所知道的电话。他沉痛地说了一句，谢谢。不言谢，我的仡佬族兄弟，我应当谢谢你，你身处贵州遵义，还惦念着灾区的这些同胞姊妹。我的心底涌动着感动。

在网上被亲切地称为涛哥的胡锦涛总书记，庄严地向世人宣告，解放军、武警、公安消防干警十万大军向灾区进发。迷彩服成了最亲切的颜色。王毅参谋长率领的武警部队，昼夜不停徒步前进，克服了重重艰难险阻，从马尔康方向第一个到达了汶川，通过海事卫星向世人报告了震中的第一个消息。那个急中生智的茂县女孩张琪，网上发帖帮助军用直升机成功空降汶川——那里原本是打算修建大禹祭坛的地方。直升机送来通信设备和通信分队，汶川县城通信开始恢复。也传出了那个给世人留下难以磨灭印象的汶川震后十分钟电视画面。显然，大山可以崩塌，大地可以震裂，但是，身处震中的人们并没有被震垮。我们可以真切看到一种秩序的庄严存在，他们在有序地实施自救！

只是我所寻找的人，电话依然不通。

我看到了一幅照片，一位小男孩，被五六位解放军战士用一块门板权当担架举出来，他却微微勾起头来，在向解放军战士敬礼！这个凝固的瞬间，感染了无数的人。我从网上下载下来，每看一次，都要热泪盈眶。多好的孩子！这么小就知道感恩！后来才知道他才三岁，我更为他那一个军礼柔肠寸断！

车行在三环路上，中央人民广播电台正在电话连线采访这幅照片的抢拍者。女主持人的提问在引导着这位记者。那个男人在连线那一端突然哽咽住了，他说："另外一件事让我想起来就心里难过。我在废墟里拍摄时，忽然觉得裤腿被谁拉了一下。我一看，是一只手在拉我的裤腿。是一个十四岁的女孩，她被压在一堆尸体中，上面是堆积的废墟，她的眼睛望着我，还能说话，声音也挺大，'叔叔，救救我。'她说。但当时道路阻断，重型机械还没能开进灾区，没有吊车，那些预制板、横梁无法搬开。我无能为力，只能安慰她，'等一等，孩子，一定要挺住，我们一会儿就会救你出来。'又过了半个多小时，孩子的声音弱了下来，她的眼睛那样地望着我，眼神里充满了乞求。我才发现一个人是多么无助。我一边拍摄，一边守护在她身边，等待着救援队到来。又过了一会儿，那只手又拉了拉我的裤腿，她已经不能说话了。当救援队赶到，开始救援的时候，那只手已经无力地耷拉在那里了。一个花季生命，就这样在我的眼前走了。而我却无能为力！我现在都忘不了那个眼神！"那个男人失声痛哭起来。他的哭声穿过了空间，带着嗞嗞的空音，直刺我心头。我的眼泪也模糊了视线。

三环路今天很堵，一川石头般的汽车一个挨着一个，连在了一起蠕动着。我们几乎是一步一挪，好不容易挨过了马甸桥下。我的心绪也和这马路一样的堵。

在深夜里接到一个短信："老师您好！在成都看 CCTV-1《爱的奉献》节目，很高兴看到您！"这是我担忧和挂念的人的音讯！羊子——杨国庆，就是那位羌族诗人！那天晚上，《爱的奉献》现场，被从灾区来的英雄们和孩子们一次次带向高潮。被地震失散的白琳父女通过电视媒体相遇，更是让人们忍不住流出悲喜交集的热泪！了一容也发来短信："刚在电视里看见您了，场面非常感人！"我立即给羊子发去短信，问他那边的情况如何。他回复道，地震发生后，他们是徒步走了三天，走出大山，走到成都的。他说："谢谢您的关心，目前我们都尚好，但是家园被毁，我的新诗集《一只凤凰飞起来》刚由四川文艺社出版，全部被困，万分心痛，其他房屋家产之类于我都不重要！哎呀，天灾无情啊，险些丧命。真是灾难啊！杨国庆拜谢！"

这是一位真正的诗人。在灾难面前，还在想着自己的新版诗集！

他果然写出一组关于地震的诗作 ——《汶川的门》，发在《民族文学》第六期"抗震救灾作品特辑"。那天，在"为了明天，为了中华 ——首都各民族作家抗震救灾诗歌会"上，由一位朗诵艺术家朗诵，令在场的人无不感动。

我忽然想起那天收到的错发短信 ——那孩子家就在四川！我真有些后悔自己的迟钝，立即给这孩子发去短信问候，详问他父母是否平安。他说，他家离震中尚远，父母都好，就是震感强烈！平安就好，平安就好！

我想起我的一位同学，他在四川广元。那天拨通了他的电话！他说，广元震感强烈，家里人平安，就是房屋出现裂缝，余震不断，不敢住在楼里，已经住进在街边搭起的帐篷。平安就好，我的心头掠过一丝慰藉。

　　从遥远的新疆接到小妹妹的电话。她说，今天送她三岁的女儿上幼儿园时，幼儿园正在组织捐款，她的女儿也郑重地在捐款箱里投下了十元钱。她说，她的女儿想和我说话。我说，好，把电话给她。从电话那一端传来天使的声音，"阿塔（伯伯），我今天和小朋友一起捐钱了。"她说。我的心头漾起一股暖流，"好孩子，你做得对，阿塔爱你好孩子。"她说："我的姐姐也在学校捐款了，是吗？"我说："你姐姐也是好孩子。"她是在说我小弟弟上小学一年级的女儿。显然，她也在学校为灾区的小朋友捐款了。我忽然为这两个小不点感到无比骄傲。爱心就是从这样幼小的心灵萌发，蓬勃生长起来的。一场天灾，让中国充满了爱，让世界充满了爱！

　　《晚间新闻》报道米-26直升机上服务的五名俄罗斯人，主动退掉回国机票，随机来到四川灾区，参加向唐家山堰塞湖吊运重型机械的抢险工作。几名法国青年正在云南旅游，当地震发生后，主动来到四川灾区，做志愿者服务——做仓库搬运工——搬运向灾区发送的救灾物资，他们也住在仓库内。几名美国青年志愿者，在一个帐篷安置点中，带领一群灾区失去父母的儿童游戏，使那些孩子露出了欢乐的笑容，使他们恢复了孩子的天性。孩子们向远处集结的橙色服装的救援队伍——应当是森林消防警察高呼："谢谢叔叔！"那个美国青年还用不太流利的汉语在领呼："中国加油！"孩子们在跟着呼喊。让孩子们欢乐起来，就是对地震灾后儿童心理恐惧症最好的治疗。

一个地震救援队的战士叫张建，家就在汶川，父母、哥嫂，还有一个弟弟。地震消息传来的瞬间，他说他的脑子一片空白。连长把手机给他，让他给家里拨个电话，他说他的手颤抖着，按不准键。后来，他所在的那支救援队却开赴北川县实施救灾，迄今不知道家里人的情况。

六十一岁的那个老人，在救出前，是一位李姓救援队员在废墟下三米处，发现一只露着的脚，他触摸了一下，那只脚居然动了动，有回应。于是，就有了在震后一百六十四小时救出生命的奇迹发生。

这些天来，有太多的泪水，太多的故事，太多的惊喜。

今天，胡锦涛总书记到陕西汉中视察时，到帐篷小学，向那里的孩子们表示节日祝贺。是呀，孩子们的节日转眼到了。

倪渭棕——羌族小朋友，才九岁，拖着一条伤腿，从废墟中救出了三位同学。林浩——那个阳光男孩，小小的个头，九岁半，从废墟下救出两位同学，为救同学他才受伤。但他依然充满阳光的笑容。他在南京军区野战医院接受治疗。六一来临之前，医院护士给他送来蛋糕，他吃了个大花脸，护士们往他脸上抹蛋糕，他也往护士脸上抹蛋糕，简陋的帐篷医院内充满了欢声笑语。当他在六一晚会上面对镜头时，吐露了他最大的愿望——盼着他头上那块伤疤早日长出头发。真是一个可爱的孩子！

一个失去右臂的小姑娘，送到北京治疗。医生护士带她参观自然博物馆恐龙馆，这是她的愿望。博物馆里工作人员——一位留着长须的年轻人在向她介绍，这些恐龙也来自四川盆地合川，离你们家远吗？小姑娘不知怎样回答。有人从旁说道，离她家远着呢。小姑娘来到剑齿龙展区前时，一边说着害怕，一边躲到陪她来的医护人员背后。那个博物馆工作人员忙说，不怕，不怕，剑齿龙已经变成化石了，不会伤害你的。小姑娘这才从大人身后出来。

这些重伤儿童被分往沈阳、济南、南宁、武汉等地接受治疗，各地医院都在病房为这些重伤儿童举行不同的节日庆祝活动。

我收到了一位朋友的短信："最新祝福：无论时光离去了十年还是二十年，无论你曾佩戴小红花还是满脸泥巴……亲爱的超龄儿童，祝你六一节快乐！愿你永远怀揣一颗天真烂漫的童心！"这条短信真的感动了我，立即将它转发给几位朋友。

欢乐是应该分享。

来自北京的三位记者，他们取道雅安绕道马尔康，途经理县。到了那座桃坪羌寨。眼前的一切让他们惊异——这里的古老碉楼依然屹立，那些陈年的老院子基本完好，连接着院落的暗渠水系溪水在流淌，"纳萨"顶上镶嵌的洁白的石头"阿渥尔"和天神"阿爸木比达"的象征——居中的白石，依然在那里闪耀着洁白的光芒。这个尚白的民族，依然崇尚神圣的白色，心灵像乳汁一样洁白。

那些老人看到这些千辛万苦赶来的记者，反倒对他们怜悯起来。

莫怕，莫怕，你们喝水。那些老人安慰着记者，从他们常饮的暗渠溪水中舀起水来给记者们喝。

记者们问这些长者，地震时你们感觉如何？

怎么样？地不就动了一下嘛。连我们的果树上的果子都没有掉，脑壳还在，怕什么呢？

路都被滑坡塌方堵了，你们一时半会儿出不去怎么办？

没有什么，出不去个一年两年又怎么样呢？过去还不是也有（地震），我们都过来了嘛，我们还会过得好好的。

……

听到他们带来的故事，我的心一下释然。

虽然房倒屋塌，大禹的故乡安在，那座古老而又崭新的县城还在，这里的人们和我所熟悉的那些作者平安，那些屹立于岷江两岸的古老碉楼依旧，那座迷人的羌寨安然无恙！

　　我的心无比欣慰。是的，是的，看来地震可以震垮大山，震断河流，却震不毁一个民族的文化，震不垮由这个文化哺育起来的民族精神。所以，大地才发出了一声叹息，从岷江边上的树丛下，扬起团团浮尘。

　　然而，浮尘已经落定，一切重将开始。一只凤凰将从那里飞起来。

2008.5

京城鹊巢

这几年，京城周边的生态环境比过去好了许多，喜鹊搭建的窝巢日渐多了起来。记得头些年，有一次我陪新疆伊犁来的一位朋友去办事，在阜成门立交桥处，驱车在西二环蜗行的车流中充满耐性地沿立交桥弯道攀缘而上，忽然我的这位哈萨克同胞几乎是惊叫起来：看！喜鹊！天哪，在你们这里居然还能看到喜鹊！我这才意识到什么，是的，那是喜鹊！有两只喜鹊正欢天喜地地喳喳鸣叫着，以它特有的飞行姿态，在低空掠过一道忽高忽低的起伏曲线，向不远处的一棵大树飞去。

这有什么新鲜的，在我的办公室对面那棵杨树上，就有几个喜鹊窝巢，几乎与我窗口平行。每天我都能听到那几对喜鹊伴侣欢快的喳喳声。偶或有暇视线投向窗外，还能与它们欢乐的身影撞个正着。在我们哈萨克人的心目中，喜鹊是报喜鸟。记得幼年在草原上，一旦听到喜鹊的叫声，老人们便会情不自禁地念叨："报喜嘞，愿你巧嘴吃到美味。""听着喜鹊叫喳喳，也不知道谁要驾到。"古道热肠、好客的哈萨克人总是希望有远道而来的客人。他们把这种希冀寄托于喜鹊的报喜。客人来了，总是要给每家带来欢乐。而每当谁家娶了新媳妇，在揭面纱礼上，那些歌手便要夸张地唱着揭面纱歌："媳妇媳妇新媳妇，喜鹊般机敏的媳妇啊，鸡蛋般洁白的媳妇……"一边用系了绣花手绢的鞭杆挑开面纱，用歌声引导新媳妇向长辈们依次行见面礼。当然，也有例外，对那些快嘴快舌，喜欢传播家长里短的媳妇们，也会随口说一句："哎呀，那可是一只闲不住的喜鹊。"而马倌也最忌讳喜鹊落在已磨出鞍疮的马背上，它那闲不住的喙，总要啄开刚要愈合的鞍疮，令马倌心碎。

但是，还不至于像我这位同胞，在京城见到一两只喜鹊便大呼小叫吧。我不无困惑地问，至于吗？不就是喜鹊嘛！

他却意味深长地看了我一眼，说，你可不知道，这几年咱那里几乎看不到喜鹊了。这更使我疑窦丛生。为什么呢？我问道。

他说，嘿，说来话长。这些年秋季种冬麦，春季种玉米都要把种子用农药过一下，怕种子还没发芽就被田鼠吃了，出苗后怕生病虫害。也果然奏效，那些田鼠倒是偷吃播下的种子被毒死了，喜鹊们来吃这些田里的死鼠又丧了命，就连狐狸也吃了死鼠死喜鹊后僵在野地里了。天地间最贪婪的看来就数人了。这些飞禽走兽都死绝了，人的日子恐怕也就不好过喽。没想到在你们北京还有喜鹊，这可真让人高兴。

同胞的这一席感慨，也让我感慨万分。不过，自此，我有了一个新的嗜好，在京城无论走到哪里，只要见到喜鹊就要多看几眼。也想起儿时的那些美妙的记忆。久而久之，我发现了京城喜鹊们新的秘密。

京城的喜鹊过去都是在树上筑巢。准确地说，总是在高耸的杨树和高大的水渠柳树冠上筑巢。其他的树它们从不光顾。它们选择的是能够抗风的枝杈。看来它们也喜欢树的骨气。而像松树，似乎针叶过密，它们出入不便，也就不去光顾。银杏树直往上长，枝杈似乎形不成喜鹊们筑巢的合理角度，所以我至今还没有看到在银杏树上筑起的鹊巢（但现在也有例外，前几日走过钓鱼台东时，看到冬日里赤裸的银杏树上，居然也有几个喜鹊窝已筑好）。有时我猜想，可能有些树木的气息不讨喜鹊欢喜，所以也没有看到其上有筑巢。

无论西到房山、门头沟，南到大兴，东到通州，北到昌平、顺义、怀柔、密云、平谷，出到关外的延庆，到处都能看到搭建在高高的树冠上的鹊巢。我曾经想，喜鹊可真是位建筑高手，它们是怎样把第一棵用来筑巢的干枝固定在树杈上的呢？一定是用马鬃缠绕固定住的。因为儿时我曾爬到房梁上看过家燕用一根根马鬃，把自己的小雏的细腿扎住，防止它们掉落。而且，它用一口口泥筑起的窝，也是穿织着一根根的马鬃。我当时就为家燕的智慧折服过。从此我常常会望着它那乌黑的小眼睛，听着它欢快的鸣啭，琢磨着它那灵巧的小脑袋里，不知装着多少我们还不曾知晓的秘密。现在的马鬃可不是那么好找的了。也许喜鹊们找到了其他的替代物，诸如细绳、塑料线之类的编织物。有一次，从京城一家报纸上看到，在朝阳区的一个工地，几位年轻民工捣毁了一个喜鹊窝，为的是把鹊巢拿去卖了。那一个鹊巢足足有七八斤重，全是用废弃的细钢筋、粗铁丝筑起的。我顿时惊呆了！既为与时代同步的喜鹊们惊讶，它们也在用现代建材筑巢了，显然，它们的智慧也差不到哪里去；又为人的贪婪和愚蠢感到羞耻。这几位民工，捣毁一个鹊巢换来的那七八斤铁丝，又能添补他多少收入呢？这可是比有些狠心的工头克扣他工钱有过之而无不及。

　　这几年，京城的建设飞速发展，高高的高压线塔纵横交错，日日夜夜输送着让这个现代社会充满光明与活力的能源。我无意中有一次发现，在完成考察顺着京张高速路返京时，快到八达岭处，那些一溜排开的高压线塔上，筑着一个又一个的鹊巢。这又一次让我眼界大开。原来喜鹊们筑巢找到了新的去处。不过我又对自己做出了一个合理的解答：这里是关外远郊，没有人打扰，所以喜鹊们把巢筑到高压线塔上来了……

　　今年开春以来，市政协组织一系列的专题调研活动，于是，我有幸又一次走遍京郊区县。而我的目光在途中总是在不由自主地寻找那些鹊巢。每一次都有新的发现。在刚刚贯通的京承高速路旁，沿途的高压线塔上也开始筑起了一个又一个的鹊巢。那一天，我们从大兴的魏善庄回来，在郊区一个跨街桥下的一个红绿灯处等候绿灯时，无意中看见一只喜鹊，正在路边草丛认真找寻。它啄开一堆枯草，仔细地一根根梳理了一遍，从中择出了一根枯枝，又捋出一两根细长的枯草叶，腾空飞向远处一棵杨树，我看见那里有一个新巢正在筑起。显然，喜鹊也是极讲效率的。绿灯亮了，我有些依依不舍地望着刚才被喜鹊梳理过的草丛，被中巴车载着急匆匆地离去。

　　在归途中，在玉泉营桥南边京开路交汇处，蓦然看到路南侧一座高压线塔最高一层，有四个鹊巢对整相望。这是我第一次看到如此集中筑在一起的鹊巢。看来，其实它们也是满合群的。

那天早上，我正赶往八宝山给一位老友送行，在北四环火器营桥北侧，看到一座移动公司的通信塔，在塔的第二层平台上，筑有一个鹊巢。令我惊异的是，平台四面并无支撑点，那圆鼓鼓的鹊巢却就在那里。我想，这一对喜鹊夫妇不仅是建筑高手，也一定是幸福的一家，它们除了自己养儿育女的生活，每天都被人间充满美意的无线电波所包围着，这报喜鸟儿每天都在聆听人间的喜讯呢。对了，喜鹊们从不在枯死的树上筑巢。就在火器营桥往西南，在路西一排杨树中就有两棵杨树，一棵半枯的树上有一个筑成的鹊巢；另一棵已枯死的树上，有一个仅筑了一半便被废弃的鹊巢。

京城喜鹊正在不断地修正着我对它们的认识局限。有一天早上，我们被堵在白颐路与三环交汇处。京城虽然日日路堵，但不能在心里添堵。我每次经过这里遭遇堵车时，都要琢磨耸立于路西的那座广告牌。它的利用平面、抗风能力、照明等，我都细细琢磨过了。我甚至还发现了这座广告牌向北的尾翼是空置的，如能在此部位再添一块广告上去，那可就更加完美了——充分利用了有效空间。此时，我照例琢磨这座广告牌时，忽然发现就在一只照明灯近旁，新近筑有一个鹊巢，一只喜鹊很是惬意地从中钻出，飞落于广告牌下的草地踱步。我又一次感到自己对京城喜鹊要重新提升认识了——那广告灯可是要通宵达旦地照明，它怎能忍受如此白昼般的强光呢？过去以为喜鹊夜间是要避光栖息的。看来，喜鹊们先于我们已经适应现代化了。后来，这个广告牌被拆除了。每次经过这里，再也见不着那个喜鹊窝了。

有一次，是个星期天。我在中关村广场参加完一个关于回收城市垃圾的公益性宣传活动，正走回家。在中关村一处新工地旁的一棵树上，我看到一个巨大的鹊巢，我当时颇有些费解，一对喜鹊夫妻，也要不了这么大的窝呀，莫非是它们也比着中关村拔地而起的楼群，筑起了上下层窝巢？我下意识地缓下步来，忽然发现，有两只麻雀钻进了鹊巢的下方。原来麻雀和喜鹊在同享一个枝头。是呀，是呀，这些年建筑都已变了样，寄居屋檐下的麻雀，曾被北京人亲切地称之为"家雀"，可是现今哪有它们可寄居的屋檐？不承想它们也找到了新的寄居方式。寄居在京城鹊巢"屋檐"下了。

2008.12

垂直城市

上海似乎一夜之间便长高了。乘车行驶在延安路高架桥上抑或是南北高架桥上纵横穿越城市，给人一种新奇的感觉。那一座座的楼宇造型各异，色彩斑斓，肩挨着肩，手牵着手，绵延无尽，铺向天边。白天汽车在密集的楼宇间穿行，凌空高悬的高架桥给人以攀缘于丛楼腰际间浮升的错觉。当夜幕降临，那一座座的楼宇被七彩灯光点缀得格外迷人，恍若银河垂落脚下，疾驶的汽车似乎正在穿越星汉灿烂的银河鹊桥，眼前一片繁星似锦。

在所有的高楼之上，那座著名的环球金融中心，直刺苍穹，离开城市越远，它显得越高。从宝山钢铁公司返回途中，在遥远的天际蓦然映入眼帘的，便是这座楼宇钢蓝色的胴体。它成为这座城市新的标志，在引领我们向城区驶去。我曾登上过与其一步之遥的金茂大厦，而如今它成了这座城市新的高度，吸引着所有来到上海的人。

我们终于登上了环球金融中心的一百层。在九十三层更换电梯时，一股尚未散尽的装饰材料的味道扑鼻而来。显然，无声地叙说着这个年轻的钢铁巨人是怎样站立起来的。通过它在距地面四百七十四米的"观光天阁100"——目前全世界最高的观光长廊向透明的玻璃走道和窗口望去，地面上一切却变得那样狭小局促。然而那就是真实的存在，一夜之间长高的上海的起点就在那里。

当然，城市向高空成长并没有停止。上海还要动工建造一座更高的新楼——上海中心——高六百三十三米，一百二十七层，也将在浦东新区拔地而起，届时将比现在的环球金融中心还要高出一百多米。浦东新区领导在向我们介绍情况时说，随着城市快速发展，新的高楼不断出现，正面临解决好垂直城市管理问题。是的，城市已由平面发展的时代，步入了垂直发展的时代。这也就是在短短三十年间发生的奇迹之一。而它又在引发人们新的思考。

"宁要浦西一张床，不要浦东一间房。"这是上海人在十几二十年前的名言。坦率地说，也是他们当时的生活观念。然而，今天的浦东却成了另一番天地。邓小平同志的一句话，就让浦东发生了翻天覆地的变化。如今，浦东成了上海最为时尚的地方，在陆家嘴、高桥、外高桥、张江，不仅云集了世界上诸多的公司、金融机构、研究机构，大批台商也看好这片宝地，纷纷在这里拓展和实现自己的事业与梦想。上海人也格外地青睐浦东，无不为浦东感到由衷的骄傲。显然，浦东正在用自己发展的步伐，让上海人的观念也在发生静悄悄的变化。真是应了中国那句老话：三十年河东，三十年河西。三十年前，在位于浦西的上海柴油机厂等三家企业率先推进以利润留成为主要内容的扩大企业自主权的试点，由此开启了我国国营企业的改革步伐。现如今浦东是国务院批准的全国改革试点区之一，浦东的发展已成为我国改革开放的一个缩影。

2010年世博会即将在上海举办。走进世博会管理局展厅，那个诞生于二十世纪二十年代、饱经旧上海滩苦难的三毛，作为上海的亲历者与见证人，在展橱内含笑迎接我们。虽然头顶上舒卷的依然是他的"生父"漫画大师张乐平挥笔赐予的三根顽皮而快乐的头发，却换了一身气派十足的行头——手戴霹雳手套，脚蹬运动鞋，身着世博会标志文化衫，背着背包，踏着凌空腾起的滑板，喜气洋洋地向着明天招手。他要拥抱世博会、拥抱浦东、拥抱上海、拥抱世界。

准确地说，占地 3.28 平方公里的世博会展区三分之二在浦东。这也是中国人在圆了百年奥运梦想之后，再圆首次举办世博会的梦想之旅。上海正在竭尽全力为举办好成功的一届世博会奋力冲刺。在横跨黄浦江的这片土地上，施展宏伟蓝图，描绘和创造国人心中的又一个奇迹。一句非常人文化的名言将从这里传遍天下：城市，让生活更美好。

无疑，上海这座城市正在进一步垂直发展。

2008.12

鹰……

那是早年的一个冬天。

记得那天晴空丽日，是个放鹰的好日子。但天气格外寒冷——在伊犁河支流——天山深处的喀什河谷，凛冽的寒风撕扯着河套里的次生林，穿透了我的羊皮大氅，抽打着我们的坐骑和那只鹰。

鹰手是个热情的长者，他备好自家的马匹，把我们带进被绿色冰盖封冻的喀什河谷，要向我们展示他的鹰的雄姿。这是哈萨克鹰手的一种雅趣，对于远道而来的雅士给予这样的礼遇，他会为此感到自豪。

我望着这只就要搏击长空的鹰和它背后的巍峨的天山（很可惜在这幅照片的画面中看不到天山奇姿），忽然想起哈萨克先哲阿拜曾经说过的一句话：显赫的爵位犹如高耸的峭壁，雄鹰凭着双翅飞上绝顶，毒蛇凭着耐性也能爬上峰巅……

现在是冬天，蛇都在冬眠……

那只鹰被鹰手放飞了一次又一次，但每次都无功而返。渐渐地我们看到了鹰手脸上隐隐浮现的一种怆然，便安慰他，今天风太大，那些野鸡山雉都躲进灌木丛中去了，您的鹰已经尽力了，它挺棒的……

我们终于敌不过寒风，收鹰回寨。归途中，鹰手架着他那只鹰，用厚厚的白羊皮手套十分怜爱地抚摸着鹰翎，忽然冒出一句哲人般的慨叹：看来鹰的时代已经过去……

2009.4

初次遇狼

那是夏末的下午，阳光格外灿烂，晴空碧蓝如洗。一眼望去，绵延起伏的阿尔泰山麓，横亘于北方，已然陷于一种墨色的沉默。而在我们后方，渐行渐远的丘陵，却是褐色的。在那丘陵之上，有一座突兀的主峰，并不险峻，却是格外显眼。他们说，从乌鲁木齐飞往阿尔泰萨尔苏木别城的航线，就是从那座突兀于丘陵之上的主峰掠过的。显然，那是一座标志性的丘陵主峰。在我看来，颇似伊犁河谷北麓的界梁子埃特凯峰。

我们一行人马是到福海县视察普及大寨县工作的。我们陪同时任新疆维吾尔自治区革委会副主任司马义·艾买提同志视察了福海县种羊场、福海县劳改农场，刚刚结束对福海水库的视察。在那里品尝了水库放养的鲤鱼，正在回返县城途中。大队人马已经离去，由我们殿后。

当走出丘陵地带的最后一座土丘，沙石公路突然转向正南，沿着一条宽阔的水渠延伸。我们的北京212吉普车，正在顺着倾泻的水渠和明媚的阳光疾驰而来。车上只有四人：副州长阿克木·加帕尔、卫生处副处长努斯热提、我——副州长秘书兼翻译，还有年轻的哈萨克司机臧阿德力。

起初，我们并没有在意，大家的视线是散淡的，有一种从丘陵地带走出后，望着一望无际的地平线的解脱感。确切地说，是一种摆脱了拘束的惬意和舒适。大家漫无目的地四处张望，有一种松弛的感觉如同倦意一般袭来，似乎让人昏昏欲睡。是的，四周没有田野，有的只是那已染秋色的原野。在地平线的尽头，依稀可辨劳改农场边缘的白杨林带梢杪……

我尽管坐在右后座上，在北京212吉普顺着路面起伏颠簸的韵律中，忽然视线似乎捕捉到了什么，但并不确切。我刻意集中精力，将视线努力投向那个飘忽不定的绒团。但还是出现了瞬间的恍惚——是的，秋日里不会有山杨的花絮，也不会有蒲公英漫天飞舞的伞盖。可这是……在我的意识与视线聚焦的一刹那，我禁不住喊了起来——狼！

是的，那不是犬，四周没有牧人——何况此时牧人还在遥远的阿尔泰山深处，享受着夏牧场最后的阳光，品尝着醉人的马奶，他们还要到月余之后才会陆续迁到这一片秋牧场来，所以不会有牧人的家犬在此闲荡。当然更不是狼犬。哈萨克牧人喜欢豢养哈萨克牧羊犬，对于狼犬并不感冒。毫无疑问，这种两耳直立、浑身青灰的家伙当然是狼了！

随着我的发现，大家一起兴奋起来。

在哪里？那里！

快！加快油门！

大家几乎同时呼喊起来。

许是突然加大了马力，轰鸣的油门声惊吓了这位草原游侠，或是它当真听到了我们的惊呼声，那只狼下意识地夹紧了尾巴，步伐突然提速，轻捷的狼步犹如流星。

北京 212 吉普紧追不舍，在那位年轻的哈萨克司机臧阿德力的掌控下，似乎瞬间就要从它硕大的尾巴上径直轧过，或者说，它对我们来说已然唾手可及！

正当我们人车全然进入亢奋之际，它像一枚轻叶般，突然间横向划出一道美丽的弧线，轻捷地跃过了那条宽阔的水渠。真是不可思议，决然是一只草原精灵。怨不得我的先祖曾经一度会以它为图腾。天哪！那是一道晴空中的蓝色闪电，击中了河的对岸！当一缕细尘扬起在对岸，它却似离弦的箭，绝尘而去。

我们还没有缓过神来，滔滔的水流阻断了我们的去路。我们几近于绝望。忽然，沙石公路将我们引到了一座水泥桥梁——公路从这里西向折去，那正是那只狼夺路而去的旷野。于是，北京212吉普嘶哑地疯吼着，顺着那条公路驰去。

那只狼本来以为借着水流阻断了我们，现在正踩着它的狼步惬意而行，在那天地接壤之处，在那蓬蒿与低矮灌木丛中似一缕清风吹去。当我们的北京212吉普呼吼着快要接近它的水平线时，它本可以轻松地隐向远方，可是它却匪夷所思地抄向公路，高昂着头颅从我们前方横切过去，奔向了路的南方。

跟上去！副州长喊道。

车上有三支枪：一支半自动步枪、一支小口径步枪、一支五四手枪。卫生处副处长已经激动起来，他把自动步枪抄在手中，子弹已经上膛。但是，离开公路的北京212吉普，在旷野中剧烈地颠簸着，任你无从射击。不过，那只狼已经越来越近，它吐出的长舌是那样的鲜艳，那双眼睛却是镇定自若，透着一种寒光。它一会儿跃到北京212吉普的左侧奔跑，一会儿又跃到北京212吉普的右侧疾驰，飘忽不定。此时我才真切感觉到它的智慧与生存本能。

它的速度终于缓了下来。它索性戛然而止,卧在那里,火红的舌头垂及伸出的前爪。随着它短促的呼吸,浑身都在有节奏地颤动着。但它的眼神依然镇定。卫生处副处长匆忙探出自动步枪,从狭小的车窗口举枪瞄准。他口中念念有词——这会儿可不能下车,下了车那家伙就敢扑过来让你措手不及。副州长说,快!瞄准了就开枪!话落枪响,只见在卧狼不远处冒起一股烟尘。那只狼蹦了起来,突然直线向天边驰去。我们这才发现,我们原来距离劳改农场边缘的林带已经很近了。那只狼正朝着林带奔去。

北京212吉普又一次驶近它的左侧,卫生处副处长又从右窗口探出枪去,在车体剧烈的颠簸与晃动中几近漫无目的地开了几枪。那只狼毫毛无损,纵情奔驰着,已然接近那片林带。当我们几乎同时驶近林带时,原来又有一条宽阔的水渠横亘于此。那只狼似一片轻叶又一次跃过水渠,赫然没入那一片青色的林带中去了……

2009.4

博乐巴岱山雪峰

博乐巴岱山是哈巴河高山草原与布尔津河的分水岭。

你从哈巴河县上来，要经过一条漫长的前山丘陵地带，那里淌着一条瘦水。两侧尽是芨芨草丛，被畜群掠食过伞冠，已然不成其形。就照这衰败的模样，无法织作衬于毡房幕墙内的芨芨草围帘，那些织帘的巧妇，是断然看不上眼的。坡上是暗红色的兔儿条丛，只有那些蚂蚁和甲虫才能在其枝冠下享受点阴凉。强烈的阳光照晒得满地炙热，升腾着无尽的暑气。难怪哈萨克人每当盛夏向往的便是夏牧场。

　　当你沿着那条前山丘陵谷地攀缘而上，终会看到那植被已由褐色转为绿色，一丝凉意也不经意间拂面而来。当翻越第一道岭时，展现在面前的是一片开阔的草原。两面山坡背阴处的一片片落叶松，早已撑起绿色华盖，招徕阵阵山风，喃喃低语。那松涛声便让人顿生爽意。当然，在这道高岭上，你的视线能够越过一道道山岭，望得见博乐巴岱山洁白的雪峰。

　　当你再度见到博乐巴岱山雪峰时，是要经过铁列克提边防站，溯河谷逆流而上，弯入其支流尽头，在一片开阔草地，你的视线才能与耀眼的雪峰骤然相遇。

　　那一年，是 1977 年夏。伊犁哈萨克自治州"文革"后的第一次阿肯弹唱会在这里举行。

　　那天，撒下阿肯弹唱会的热闹与喧哗，伊尔哈力州长带着我们几位没入附近的山林里去。当我们越过几道森林密布的山岭，突遇前面一条开阔深邃的山谷，一条蓝色的玉带从那山谷的尽头舒展而来，在谷底狭窄处，忽变作一条滔滔河流，泛着玉浆而下。引路人说，那就是喀纳斯湖，而那条河就是布尔津河。

　　在喀纳斯湖的尽头，便是阿勒泰山最高主峰友谊峰。友谊峰北坡是外蒙古，西坡是俄罗斯和哈萨克斯坦。

　　我们顺着一条牧道，在布尔津河谷的高山上信马由缰行进

着。坐骑忽而穿行于针叶林间，忽而走过雪柳丛中，漫山遍野
的绿色让人赏心悦目，山花的芬芳阵阵袭来，空气是那样的纯
净，天空是蔚蓝色的，唯有远处友谊峰上聚拢着高耸的白色积
云，给人以柔和的质感。

几位随员说着一些笑话，森林里传来悦耳的鸟鸣声。太阳
已经开始西斜。前面的马打了个响鼻。忽然，一条蓝色的精灵
从右下方森林里在眼前闪现，倏忽一下，越过牧道向着左侧的
山脊奔去。

狼！

几个人几乎同时呼了出来。州长立即翻身下马，卧在一块
石头后面举枪瞄准，枪口与准星随着那只狂奔的狼——一条蓝
色的线条移动着。我从来没有见过能像风一样奔向高坡的生
灵，它的迅捷和力量、它的自信让我霎时震撼。

砰！一声枪响回荡在山间，只见一缕细尘在狼的前方一块
巨石上腾起。那只蓝色的精灵义无反顾，依照它选定的路线斜
刺里向着山脊一路狂奔。

砰！砰！

又是接连两响，我的耳蜗里都有清脆的金属的回音在铮铮
作响。只是遥遥看见两缕细尘在紧贴着狼的近处左右腾起，略
略飘移，随即落去。那只狼就在此当儿，跃上了山脊，阳光在

它的鬃上跳跃出细碎的光芒，它横身迅即看了我们一眼，便转瞬隐去。

州长翻身上马，我们几人纵马向着山脊驰去。马儿们到了陡峭之处，驮着这些骑士显得有些吃力，已然改换了步频，本能地走着之字形坡路，浑身已经湿透。马儿们喘着粗气，努力地向山脊攀去。不知谁的马还放着响亮的屁。一时间，另一种草腥味与马汗味混杂在一起，与我们一同飘向山脊。

当我们几骑终于跃上山脊时，居然足下是一群绵羊，正在静静地吃草，远处一个牧羊人悠然自得地守着羊群，牧羊杖被他反背在身后，从勾着的两侧肘间横插而出，支压着他的腰身，显得那样自在、悠闲和惬意。而那只狼，却踪影全无。

喂，见着一只狼没有？

我们的人有些茫然又有些不舍地问。

哪儿来的狼啊？牧羊人反问。

我有些困惑了。我说，你的羊群一直就在这里吗？

是呀，一下午都在这里，你瞧，这里的草多旺盛，我的羊群几乎一动不动。

这只狼！难道是大地把它吞噬了不成？有人在自言自语。

我无意间望去，博乐巴岱山雪峰近在咫尺，触手可及。夕阳已经垂挂在它的肩上，给它镶上了一道亮丽的金边。

只是雪山沉默无语，恪守着这世间的秘密。

在它的北边，喀纳斯湖十分惬意地舒展着，流到它的足下，变幻为一条名叫布尔津的河流而去。在它的南边，却是哈巴河的支流，浅吟低唱，潺潺流淌……

2009.4

喀纳斯湖畔之夜

喀纳斯湖畔是静谧的。

从山上望去，湖水宛若一池琼浆玉液，墨绿中泛着白光，凝然不动。四周的山青翠欲滴，舒缓的高山草原和由山腰壁挂般垂及湖畔的针叶林交相辉映，真正是一个天堂般的去处。

那一年（1977年夏天），我第一次来到喀纳斯，便被这里奇异的自然景观所倾倒。

我们是从西侧的白哈巴河谷翻越山岭而来。那时，没有公路，只是牧道，北京212吉普车居然能够越过这样的无路山岭，将我们送达这美丽的湖畔。

其实，进入河谷，看到的是一条奔腾咆哮的河流——这就是布尔津河。河水湍急而清澈。只当此时，才会令人蓦然领悟，美的力量犹如这河水，它清澈、涓美、冷艳、柔顺，却势不可当。河边雪柳依依，还有那蔷薇科灌木，枝条蘸在水中，激起一道道细密的水花，与其枝头的小花交织在一起，煞是摄魄销魂。河面上有一座用阿勒泰山特有的红松木搭建的木桥，那木质经年日晒雨淋、冰封雪冻，复又被风儿吹拂得改换了灰白的色调。小汽车从木桥上开过时，坐在车里都能听到在轮胎碾轧下，木桥发出的吱吱嘎嘎的哀怨与呻吟。

一过桥，便是一个边防派出所，之后，进入一座图瓦人库克莫尼卡克（蓝珠）支系和哈萨克人混居的牧村。淡蓝色的炊烟正从家家户户的木垛屋顶上袅袅升起。此时正值中午，我们就投宿于牧业办公室设在这里的工作站，在守站的哈萨克人家吃了午饭。那香喷喷的包尔萨克（油炸果子）拌上新鲜的奶油和深山蜂蜜，喝着可口的奶茶，那甜美的劲儿迄今难以忘怀。

下午的阳光和煦怡人，我们几人由牧村往北走了一段路程，穿越一片密密丛丛的红松林来到喀纳斯湖畔。湖水恬静而安详，隐匿着在下游呈现的奔腾之势，蓄势待发。湖面倒映着山光水色，十分迷人。与我们同行的那位长者——哈巴河县的时任县长纳斯甫，十分熟悉喀纳斯湖的隐秘。他饶有兴致地向我们介绍着湖水里有一种鱼叫 Khezl Balkh，我在心里直译过来为"红鱼"（后来，我查阅了资料，翻译过来学名应叫"哲罗鲑"）。他说，这种鱼没有鱼刺，清水煮鱼，那肉十分鲜美，赛过肥美的羊羔肉。这种鱼体型都大，最小的都可以让我们同行的这七八位饱餐一顿，大的都已经长成小舟一般大小了。同行的几位有的将信将疑，在这样的深山湖泊，哪儿来的这般大鱼。甚或也有人对此质疑，在他看来无法想象天下还会有这般大鱼。

我却相信。

在儿时，我就曾亲眼看见渔夫们从伊犁河打上来的大青黄鱼，一条就装满了整整一马车。那时信息并不像今天这样发达，更没有央视如今的《动物世界》栏目，就连黄口小儿也可以一睹天下动物的隐秘世界——在当时，我虽说从书本上得知天下的大鱼有多大，但真切目睹还是第一次，所以颇有点刻骨铭心，迄今难以释怀。但是，很久以后，居然有人以发现"湖怪"而自居时，我不免哑然失笑。其实，生活在湖边的牧民们与这里的所谓"湖怪"早已世代朝夕相处，见怪不怪了。

纳斯甫是垂钓的行家里手。他不兴用钓竿，随身携带甩钩，就是用轮盘缠绕好的玻璃线排钩。他的钓饵也是现成的，随手在湖畔捉了几只绿色的草蜢，把草蜢尾部一掐，便穿在了鱼钩上。他的鱼钩大小有别。他说，那是为了让不同的鱼来衔咬的。说话间他极其麻利地收拾停当，已经将鱼钩远远地抛入湖中，开始频摇轮盘柄往回收线。

当他开始垂钓后，就要求我们安静下来。他说，喀纳斯湖的鱼像精灵一般，只要你在岸边喧哗，它就不会咬钩。或者你们要聊天也行，那就得远离他的垂钓区。于是，我们开始从他身边撤离。我和那个年轻的司机继续往湖的上游走去，在一丛雪柳兀立于浅水中的岸边坐下来，仿着纳斯甫的模样，也掏出了我们在县城仓促准备的玻璃线和鱼钩，在这里现场制作我们的钓具。直到此时我才醒悟，我们居然忘记了备好鱼坠。当我们的简陋的排钩扎好后，没有鱼坠是无法抛出的。情急之下，我想出了一招。急忙掏出裤兜里的钥匙串，从中择出了那把大学宿舍的钥匙——那是我 1973 年在兰州街头配制的一把钥匙——兰州大学拐角楼 1408 房间的钥匙——把它摘下来，扎在了鱼线上聊作鱼坠。

我们的排钩总算也抛了出去。我们也脱掉了鞋袜，高挽着裤脚站在水中。湖水清澈见底，七彩的石子铺满湖底，近岸的水温令人惬意。有几只鸥鸟在湖面上悠然自得地飞翔。在湖心深处，水面上不时地激起一圈圈的涟漪，悠悠荡开，摇晃着我们的鱼漂。我想，一定是鱼儿们在那里嬉戏。

站在这里极目望去，在我的右首——北边——喀纳斯湖的源头，可以看见那座阿勒泰山的主峰友谊峰的雪冠，左首——南边——喀纳斯湖出口——布尔津河湾处，高耸的博乐巴岱山雪峰如银，对岸的针叶林树冠阴影已被西斜的阳光投入湖中，形成了另一道奇丽风景。在我的背面，横亘的这架大山那一面，又是另一条迷人的河谷。哈萨克人称之为"阔姆"，翻译过来是"骆驼的鞍鞯"之意。我当时就在心里暗忖，如有机缘，人世间的美丽去处我都应该走到才是。阔姆草原我当然应该走到。然而，当时阔姆草原虽然仅有一山之隔，事实上迄今我再未能一睹它的风采。人世间的距离何谓咫尺天涯，或许奥妙便在其中了。

我们的排钩一次次地远远抛入湖中，一次次地又收回，却是没有鱼儿上钩。而在这一次，回收的鱼线突然绷紧，我们怎么也收不动了。我们生怕那是一条被后人称之为"湖怪"的大鱼，拼命地拽紧鱼线，僵持了一会儿，那玻璃线终于绷不住突然断了，我们险些倒在水中。当我们收回半截鱼线时，鱼钩和那把钥匙不见了踪影。我戏谑地说，得，这下可好，钥匙连同鱼钩全被喀纳斯湖的大鱼吞了。

纳斯甫此时已经有了收获，他钓到了一条挺大的鱼。他已经收拾停当，拎着那条鱼向我们招呼着离开岸边。我们在红松林边撵上了他。他说，怎么样，你们的鱼钩被湖底的顽石收走了吧。原来，刚才的一幕他已尽收眼底。他说，你们去的那一带，湖底怪石嶙峋，下钩非被石头挂住不可。我这才恍然大悟。

我说，那您怎么这么早就收线了呢？天色还早，还可以钓呀。他说，人不能贪心，钓到了这一条就足够了，够我们今晚饱餐一顿。其他的鱼儿留给喀纳斯湖好了。

晚上，牧业办工作站的守站人家，将这条鱼做好送了上来。他们的做法很简单，将鱼解成了一块块的，拿面糊裹了，油炸而成，居然有满满一木盆，我们七八个人真没能吃完。

喀纳斯湖畔的夜晚是安谧的。那一夜没有山风，夜空晴朗，星星就在树杪闪烁。空气中弥漫着松香与牧草山花的馥郁，沁人心脾。近处听得见牧人门前的乳牛在静静地反刍，它那有节奏的咀嚼与缓慢的吞咽声，更是增添了几许恬静的氛围。唯有远处的布尔津河涛声依旧，向着夜空在不倦地倾诉。

2009.4

巴金先生的一封回信

1987 年 7 月中旬，我收到了巴金先生的一封亲笔回信。

艾克拜尔·米吉提同志：

　　来信读悉。我长期生病，写字困难，实在无法为《寒夜》译本写序，请原谅。还请您告诉译者我谢谢他的好意，并希望他的译本得到成功。

祝好！

巴金

7 月 14 日

捧读了信我十分感动。当时巴金先生已是八十三岁的老人，竟是这样的认真和执着，且平易近人和豁达，因为自己长期生病，写字困难，实在无法为自己作品的新译本写序而向一个晚辈亲笔回信请求原谅。令我难为难当。的确应了我们家乡的一句古训——果实累累的树，枝头是低垂的。时下里有些远比他年轻，拿得起笔、敲得动键盘的人们，在作序这样的"小事"上，往往都不是亲自动笔，而是由他人操刀，序写成了，毫无愧色地往题下大名一签，这文章便成自己的了。我对先生的敬仰与缅怀，除了他的巨著和思想，他的勇气和人格力量，更为他这样的点滴细节而感念。

巴老的信是用杭州市作家协会的稿纸写的，是 $20 \times 15 = 300$ 字格的，赭红色方格。巴老把稿纸横过来做竖写体书写而成。用的是碳素墨水（当时一次性碳素笔似尚未引进）。信封是当时通用的红、蓝、白边的航空信封，邮票是"云南民居"图案，面值一角。当时平信为 8 分，航空信件为 10 分——1角。邮戳是上海 31（支），时间为 1987 年 7 月 15 日 11 时。没有北京落地邮戳。当时大概就是这样的。信封寄出地址只写了"上海"二字。这也许是工作人员疏忽没有写全。

此事缘起于时任中央民族翻译局副局长、哈萨克语室主任、翻译家阿布都马纳夫·阿别吾先生正在翻译巴老的长篇小说《寒夜》，他迫切希望哈萨克文版《寒夜》出版时，能有巴老亲自撰写的新的序文，请求我向巴老转达他的意愿。我也觉得他的这个想法很好，如果《寒夜》哈萨克文版出版时，读者能一并领略巴老新作的序文，当然是件幸事。所以，通过原中国现代文学馆工作人员、团支部书记，时任巴老身边工作人员魏帆带去一封信，恳求巴老能为哈萨克文版《寒夜》作序。才有了巴老的这封回信。

《寒夜》的哈萨克文译文版于1989年9月由新疆人民出版社出版。对于哈萨克语读者来说，这是一件大事。巴金先生的作品译成哈萨克文版的还有，《家》①、《巴金小说散文选》②、《海的梦——巴金中短篇小说选》③ 等。显然，像巴金先生这样的文学大师的作品尚没有全部译成哈萨克语（甚至"激流三部曲"都未能译全），这不能不说是一件憾事。相信也没有系统地译为国内其他少数民族文字。现在国家确立了百部文学名著译介工程——是向国外翻译介绍中国文学；少数民族文学汉译工程——是把用母语创作的少数民族文学佳作翻译成汉语，提供给广大汉语读者。我以为，国家应当在文学翻译方面进一

---

① 别克译，伊犁人民出版社，1983年4月出版。
② 阿合别尔迪译，伊犁人民出版社，1984年2月出版。
③ 吾孜木汉译，新疆人民出版社，1984年3月出版。

步加强专项支持与投入，作为一项系统工程来实施，把我国现代文学史上的文学大师们的著作系统译成国内少数民族文字。这也是文化建设的一项重要举措。

我一直认为，民族与民族之间的沟通与交流，最重要的是心灵的交流，而在这一点上，文学艺术的作用是独具的。尤其是文学大师们的作品，既有独特的民族文化心理的烙印，让不同民族、不同国度的读者可以窥见和理解一个民族最隐秘、最美好的心灵世界，又有超然于其上的人类文化意义的精神价值，不仅能够温暖人心，沟通心灵，更能够鼓舞人心，给人以感动，给人以激情和力量。因此，古往今来文学翻译都具有其重要的意义。它不仅是一个民族的艺术语言转换为另一个民族的艺术语言，体现译者的语言功底、文化修养、艺术心智和翻译风格，更重要的是，不同民族、不同国度的人们，通过文学翻译这座桥梁，可以畅达彼岸心灵世界，并在那里获得理解与沟通、感动和升华。

我想，和谐社会建设，需要这些。

2009.3

附：魏帆的来信（原中国现代文学馆工作人员、团支部书记，时任巴老身边工作人员）。

艾克拜尔同志：

您好！来信收到了。您所嘱托的事情我未能办到。因巴老近来身体一直不好，我来沪后他先跌过一跤，后又因腹泻住医（院）。前些日子为三联书店《随想录》合订本写后记，写了三千字左右，累得至今没休息（缓）过来。见了您的信，他很高兴，但力气不足，只给您写了一封短信，现给您寄上，写序的事只好请原谅了。

我想有巴老给您的短信，您借此为头再写个序不也很好吗？这是我的想法。

知您爱人很忙，那资料的事到十月我回京后再说吧，不用着急。谢谢。

您现在又出什么大作了，我可希望得到您和您爱人赠的签名本书呢，别忘了，我也是少数民族呢！不过不用寄，我回京后会向您要的，谢谢了！

不多写了。

祝您和您爱人

夏安！

魏帆

7月15日

孩子的敬意

　　记得我的小孩在三岁多时，有几日随他妈妈去北京民族宫"上班"。每次进门时，都会情不自禁地停下来，昂起小胸膛，向值班武警战士来一个立正敬礼。而当班武警战士也会微笑着给他还以一个标准的军礼。于是，他便会十分满足地步入民族宫大院。有时，他还会跑到警卫排的住所，和那些待班的武警战士玩耍一阵。每当回到家中，从他的眼神里，我可以看到一种崇敬、一种惬意、一种快乐、一种小小的自信。我知道，那都是缘起于他幼小的心灵深处对武警战士所充满的敬意。孩子的心是最公正的。

自那以后，但凡我的眼神捕捉到身着橄榄绿的武警战士身影，便会多看几眼，心底会油然涌起一种暖意。

在北京，天安门广场国旗护卫队武警战士的威武军姿，与那高高飘扬的国旗一道，成为一道亮丽的风景，吸引无数的目光，纷纷向他们投去注目礼。是的，在他们身上体现的是一种国威，一种尊严，一种信心，一种安宁，一种祥和。

在北京，在新华门、在中央部委机关、在重要枢纽门口，都会看到武警战士的身影，已然与首都的庄严肃穆融为一体。

有一次，我在南方某省乘坐火车。当列车穿行于高原隧道和桥梁之间，从车窗前闪过一道橄榄绿——那是在那里值勤的武警战士——在守护着祖国交通大动脉的律动。他们与那里孤寂的山石、草木、铁轨、隧道为伴，屹然屹立，实现着自己的人生价值。

在遥远的边疆山寨，也能看到橄榄绿，他们在那里打击走私、打击贩运毒品，守护着祖国的边关大门。

在森林火灾现场，同样是橄榄绿冲锋在前，最终战胜冲天大火，保护一方山水和绿色屏障平安。

哪里有塌方，哪里有山崩，哪里就可以看到是橄榄绿在修路抢险，勇往直前。

在去年"5·12"汶川特大地震灾害发生，震中汶川与世隔绝，交通、通信、电力全部中断，全国人民焦急等待的时日里，正是武警部队昼夜行进率先抵达汶川县城，连夜向世人传递出汶川灾区的信息：灾区人民群众情绪非常稳定，当地党委政府组织得很好，所有的物资统一调配，所有的县、乡工作人员全部深入农村，了解灾情，稳定民心。老百姓虽然受了特大自然灾害，但是他们感到有党和政府，有信心能够尽快恢复家园。部队抵达以后，老百姓很激动，有很多人落泪，看到子弟兵到来，他们更有信心了。

而在地震发生十余小时后，一位满脸是血的北川三岁小男孩郎铮从废墟中被救出那一幕，我们至今不能忘怀——就在武警官兵准备把他转移到安全地带时，他在担架上微微挺起上身，艰难地举起还能动弹的右手，标准地敬了一个少先队队礼。《生命的敬礼》这幅照片，凝固了这个历史瞬间。担架上的小男孩向援救他的武警官兵叔叔敬礼的感恩举动，感动了无数的人。这个可爱的小男孩敬礼之举，永远铭刻在了人们的脑海里，当然，也是对橄榄绿永久的激励。

是的，孩子的敬意是最纯真的。

2009.6

绿色鄂尔多斯

第一次来到鄂尔多斯，那是 1987 年 9 月的事了。那一年，我们和国家民委文宣司共同在内蒙古呼和浩特市组织人口十万以下二十二个少数民族文学笔会。笔会期间，带领这些作者来到鄂尔多斯观光采风，拜谒成陵。

当汽车（那时尚未通火车，更未通航）越过黄河南岸细长赤裸的库布齐沙漠后，便进入了鄂尔多斯高原。九月的阳光依然强烈，炙烤得高原起伏的丘陵一片枯黄。这里那里的散落着一些柳树和杨树，树冠已染秋黄，没精打采地兀立于高原。在一些沟壑边缘，看得出一些被顽强开垦的耕地，长着稀疏的荞麦已经成熟。一些裹着头巾的农妇跪在地里正在拔着荞麦。大概这就是收割。我从车窗默默望着这一切，心里不免一阵阵酸楚。"天苍苍，野茫茫，风吹草低见牛羊。"这首乐府民歌——我国最早的译诗，在我心底低回。然而眼前满目苍凉，"风吹草低"的风景不再。看来，在干旱缺水的草原地带，农业的过度开发、牧业的过度放牧是导致脆弱的生态链受到破坏的直接诱因，也是让一方农牧民贫穷的根源。但是，在当时这一点还不能引起人们足够的认识。而在我的心中却牢牢记住了是年九月的鄂尔多斯高原这一幕。也从此多了一份对这一方神圣土地的牵挂。

1989 年 10 月，我随中国作家代表团来到保加利亚，在中部城市普罗夫迪夫遇到一位曾经在五十年代到过中国的历史学家，在与他聊起普罗夫迪夫街头的酸奶店（ＡИран Ханa）、布扎店（Боза Ханa——发酵小米粥店）称谓及那些大小博物馆中展示的冬不拉（Домбура）的词源、词根时，他意味深长地告诉我，他们的先祖不里耳人就来自中国的鄂尔多斯高原。在公元六世纪时，汗·阿斯帕罗赫（Хан Аспарух）率领不里耳人自鄂尔多斯高原西迁。当越过伏尔加河，一支继续随着汗·阿斯帕罗赫南下，越过多瑙河、越过喀尔巴阡山来到保加利亚定居下来，信奉了东正教，成为了今天的保加利亚人。另一支溯伏尔加河北上，定居于现今俄罗斯喀山一带，后来皈依了伊斯兰教，成为了塔塔尔人。我们谈及的这些突厥——哈萨克语词源、词根和乐器，正是那时从鄂尔多斯高原一同带来的。他说，在他的有生之年，还想再去一次中国，到鄂尔多斯高原亲自考察一下。在遥远的异国他乡，我对鄂尔多斯高原增添了一份别样的感情。鄂尔多斯是蒙古语"宫殿众多的地方"之意。而"鄂尔多"（Orda）——"宫殿"便是突厥语词根，属于突厥语族的哈萨克、维吾尔、柯尔克孜等民族，迄今沿用。在一千多年前撰成的马赫默德·喀什噶里的《突厥语大辞典》中，就收有"鄂尔多"词条。蒙古语和突厥语、通古斯语同属阿勒泰语系，相互之间发生语言影响，借助词根，就像天空中交织的云彩，大地上流动的空气，吹拂的风，是常见的。

2008 年 9 月，我们又一次来到鄂尔多斯高原，与鄂尔多斯市共同举办首届纪实文学节。在我的眼前展现的却是面貌全新的绿色鄂尔多斯。

飞机还在空中飞行，从舷窗望去，地面是一片绿色，我记忆中的褐色裸露的土地已不复存在。我感到惊奇，莫非是今年高原的雨量充沛，这里的植被怎么会这样的好？何况这已是九月，到了牧草该发黄的季节。我后来得知，除了今年雨水充足，这些年来，鄂尔多斯唱响了绿色主题，保护环境，保护绿色，成了这里人们的自觉行为。退耕还林、退耕还草、退牧还草，一系列的措施得当，绿色逐步覆盖了昔日褐色土地的裸表。于是呈现出让人称奇的绿色世界来。是的，鄂尔多斯的绿色不仅固沙治土、涵养水分，绿色也使天空变得更蓝、空气变得清新，绿色更给鄂尔多斯人带来一种心境、一种自信。

晚上，就在成陵景区的露天演出剧场，进行"第三届鄂尔多斯草原文化节暨首届《中国作家》鄂尔多斯纪实文学节"开幕式晚会现场直播。晚会的主题依然是绿色。在已经有了凉意的高原之夜，晚会场面却火热异常。舞台上为了绿色而纵歌，为了绿色而劲舞。那夜空中升起的一簇簇、一团团的焰火，绚烂夺目，让人忘却这里是鄂尔多斯高原。我们刚刚亲历过北京奥运会开幕式和闭幕式的焰火，这里的焰火并不逊色。这样的晚会，这样的焰火，其实是在缩短首都与边疆的距离、城市与乡村的距离，在丰富鄂尔多斯人的精神文化生活，提升鄂尔多斯人的文化自信心。当人们普遍富裕起来以后，能否培育出和具有文化自信力，这才会成为区域与区域之间、人与人之间的真正差距。我看到在举目凝望着满天灿烂焰火欢呼的鄂尔多斯人的目光中，闪烁着焰火般灿烂的一种释然和自信。也由此，被秋的凉意吹拂的鄂尔多斯绿色高原之夜，依然令人心头暖意融融。

2009.10

托马斯的城市

中午，火车晚点二十分钟到克拉科夫。当地作协主席一个人在车站迎接我们——中国作家代表团一行四人——马瑞芳、东西、杨胜利和我。出租车把我们送到了下榻之处——位于城市西面的阿尔卑斯（Orbis）宾馆。我住在 532 号房间。这是一家四星级宾馆。从窗口望去，对面是一家剧院，西面是一片开阔的草地，呈倒三角形铺展开去，三角形的顶端正好在宾馆门前的马路对面，三角形的底端连接着西面两座小山包。

下午，托马斯先生陪同浏览市容时首先向我们介绍了这块草地，他说早年在这块草地上可以看到有人放牛。我对于这座城市的认识，就是从这块草地开始的。显然，城市绿地保护得很好，虽说是十二月初了，天气有点冷，人们穿着冬装，但草地碧绿如洗，令人赏心悦目。如果不是草地周边高大的乔木树叶落尽，如果不是人们的衣着会泄露季节的信息，乍一看去，恍若在春季里徜徉。托马斯带着我们从这里向城里走去。过了一个十字路口，便看到一组青铜雕像，四个士兵手持步枪前进。托马斯介绍说，这是第一次世界大战期间，波兰士兵在冲锋。波兰在第一次世界大战以前曾被奥匈帝国、普鲁士和沙俄瓜分，有一百五十年亡国史，直到第一次世界大战前夕由波兰民族英雄比索特斯基带领波兰人民获得独立，重建波兰国家。在沙俄时期，甚至不准人们使用"波兰"这个词汇。这就是历史。

其实，克拉科夫是托马斯的城市。他对这座城市的热爱溢于言表。他带领我们徒步穿行在布满有轨电车轨道的街区，如数家珍般向我们介绍着这座城市的历史和人文掌故。

托马斯带着我们走上高耸于一座圆丘之上的昔日王宫——它以巍峨之势俯瞰着全城。克拉科夫曾经一度是波兰首都。王宫教堂里存放着历代帝王的棺椁。游客和信徒们在这肃穆的教堂里轻轻走动，瞻仰那些镀金棺椁，十分安静。历史有时就这样神秘，每当逝者被生者追忆时，方显得逝者的伟大。

托马斯看来是一个虔诚的天主徒，当离开王宫教堂时，在门内的圣水坛蘸了圣水点在自己额头上，迅速在胸前画了一个小十字。

暗红的夕阳正透过云层照在王宫庭院。旁边是一座神学院和修道院。王宫后面便是一条河流。托马斯不无骄傲地向我们介绍，这就是维斯瓦河，是波兰人民的母亲河。托马斯说，就像中国的扬子江，是波兰的长江。显然，每一个民族都有他们心中的河流。

维斯瓦河发源于波兰南部山区，向北蜿蜒而去，流经华沙，在北边汇入波罗的海。此刻，维斯瓦河静静地流淌，默守着发生在它两岸的诸多秘密。一群归鸦掠过维斯瓦河上空，向城市飞近。我们顺着圆丘下坡公路走来，迎面遇见牵着一只德国黑贝的娇小女士，正被那只公羊般硕大的纯种狼犬拽向坡顶。狼犬吐着火焰般的长舌，用尽浑身的力气颇有点夸张地喘着粗气向坡顶攀去，项圈上的皮绳都被它绷紧了。一对情侣在那边正相拥着依偎在一棵树下。

走下王宫圆丘，便是一条十字路口。在路北一堵白墙前立着一桩孤零零的深褐色十字架。我问托马斯，十字架怎么会孤立于街头。他说，这就是卡廷惨案纪念碑。那个世人皆知的历史惨幕的一页，就在这里赫然展现在眼前。而离克拉科夫以西五十余公里的地方，便是惨绝人寰的奥斯维辛集中营旧址。明天我们将去那里凭悼亡灵。

托马斯夫人达努塔·佩雷·贝利斯卡（Danuta Perier Berska）是一位诗人。他为他的诗人夫人骄傲，甚至为我们当街朗诵了一段他夫人的诗句，只可惜我们的翻译跟不上他用波兰语朗诵的韵律。但是，这已经足够了。我们已经享受了一种语言羽化为诗句的抑扬顿挫的音韵。在一个街角，有一个卖面包的小摊儿，托马斯慷慨地给我们每人买了一个面包圈。托马斯说，奥布瓦占面包圈是这座城市的特产。来到克拉科夫，就不能不品尝奥布瓦占面包圈。于是，他示范地当街大嚼起来。我也跟着吃了起来。面包很香，带着夏日麦田的芬芳，也很筋道。显然是一位十分老到敬业的面包师，充分揉制过面团，所以才会有这样特殊的口感。此时已是黄昏时分，在这个季节这里的天黑得特别早，当地时间三点半太阳就沉落了，夜幕早早开始降临。我们一边嚼着面包圈，一边浏览一个被暮色包容的陌生城市，十分惬意。我对随同的几位作家打趣道，我们啃着奥布瓦占面包，跟着托马斯漫步在克拉科夫黄昏的街头别有风情，这是充满诗意的面包。大家会心地笑了起来，托马斯也笑了。瞧，诗意的感觉是不需要翻译的。

天边的一丝暗红尚未褪去，星星已经开始闪烁。托马斯带着我们游览柯修福·玛丽亚教堂前的中心广场，这是古城繁华地段，人群熙熙攘攘。广场那边有古老的集市。托马斯说，这个集市永远云集了各路客商。托马斯看了看表说，我们在这里稍等片刻，便可以听到教堂钟楼上传来短促的号声。他说，那是中世纪蒙古军队乘着暮色攻到这里，教堂钟楼上的号手发现了他们，便吹响了号角。但是，号手被蒙古军队一箭封喉，那号声短促，戛然而止。自从蒙古军队退去以后，每当暮色临近，教堂钟楼上便要响起短促的号声，以纪念那位吹响号角的号手。果然，在暮色中从教堂钟楼上传来短促的号声。人们都在驻足侧耳倾听。在暮色中倾听号声，已然成了这里的人们一个埋于心底的约定。

号声终结了。托马斯说，我们去参观雅盖沃大学，就是哥白尼的大学。克拉科夫中世纪时就是波兰的政治、宗教、文化、教育中心。这里有著名的雅盖沃大学，哥白尼就是这所大学的学生。他的著名的"日心说"就是在这座城市的这所大学完成的。但在他有生之年，这一真理一度被教廷"封杀"。他的支持者布鲁诺在他之后为了捍卫真理献出了生命，被教廷活活烧死在罗马鲜花广场。真理的代价往往是要用生命来换取的。看来真理在发现之初，就是掌握在少数人手里，直到被大众接受其真理性后，才会成为人类共同的精神财富。克拉科夫后来一度成为欧洲天文学中心。直到十七世纪中叶，哥白尼的《论天体运行》才被允许得以出版。雅盖沃大学与克拉科夫这座城市，给波兰文化留下一句至理名言："智慧高于力量。"遗憾的是，这个哥白尼曾经修学过的故园，此刻已经关门。但我们也算迈上了产生过真理的门槛，接近于真理的本原，真是不虚此行。

托马斯把我们重新引回柯修福·玛丽亚教堂。信徒们在这里已经开始晚祷。教堂里透着一种肃穆。托马斯低声介绍，柯修福·玛丽亚教堂的维特·斯特沃什祭坛是欧洲同类教堂中最大的，建于 1477—1489 年，由当时的克拉科夫市民集资兴建。祭坛长 11 米，宽 13 米，雕刻的人物高 2.7 米。它曾被纳粹运回德国，二战结束后才被找回来。在那时，我们也曾经历着日寇铁蹄的蹂躏。无论是在地球的东端还是西端，民族的苦难显然是相同的。在走出大教堂时，托马斯又一次蘸上圣水抹在自己的额头上，迅速在胸前画着十字。

大教堂前的广场上，立有密茨凯维支雕像。这位波兰诗人，正在夜幕下沉思，或许在觅回逝去的诗的灵感。

佛罗日亚尼斯卡塔，实际上是历史上波兰王宫的入口，现在是一条繁华的市区丁字路口，往北一点，连接着博物馆，在院墙下看到正在收摊的艺术家摘取墙上的画作。托马斯说，当年有人提议把这座塔拆除算了，于是就引来非议。有人就说，这座塔在这里正好挡住了风口，如果把它拆除，风就会肆虐，万一风把你们从大教堂礼拜出来的妻女们的裙裾撩起怎么办？于是，人们放弃了拆除它的念想。虽然倒塌过几次，但历经修复迄今屹立于此。

走出佛罗日亚尼斯卡塔，是古代王宫入口城堡，城堡已被一片城市林地包围。在城堡对面的马路上，北面是美术学院，南面是一家银行。应当说精神和物质的财富都集中于此了。在美术学院楼下一个墙角处，一架缺了后轮的自行车被锁在那里。托马斯问我，中国的自行车还是那样多吗？我告诉他，中国的自行车依然很多，但是中国也已经步入了汽车社会，北京就有三百万辆汽车。他禁不住摇了摇头。

我们走进了那座博物馆。这里有中世纪蒙古军队留下的弓箭，也有不同时期的文物。更多的是产生于不同时期的古典油画。在欧洲博物馆看中世纪油画，常常取自《圣经》的宗教题材居多。在一幅画前，托马斯驻足向我们介绍，这幅画表现的是末日审判画面，上面是天堂，中间是末日审判台，下面是地狱。我不无玩笑地说，托马斯，你是一个好人，你一定会升入天堂的。他忽然严肃起来，说，我不喜欢有的人被打入地狱，有的人升入天堂，我希望所有的人都入天堂，如果不是这样，我宁肯不信什么宗教！看着他的神情，我确信这是他发自肺腑之言。

晚餐我们是在一家百年老店吃的。托马斯说，这是历史上流浪艺人的聚所。那边有小型舞台。那些流浪艺人曾在这里演出，为的是对餐厅老板的答谢——他们常常付不起餐费。墙上挂着一些画作，也是那些艺术家用来报答餐厅老板的。有一幅画引起了我的注意：一位绅士，浅灰色的西服，鲜艳的领带，却从领口掏出仅有的一只硕大乳房，正在喂怀抱的一个裸体婴儿，而在一旁，还有一个瘦骨嶙峋的幼儿，一丝不挂，显然他也饥肠辘辘，正渴望绅士那只硕大乳房的滋养……

我们一边品着牛排，一边欣赏着餐厅里不同时期、不同风格的艺术品。无意间我看了看手机，信号显示为 IDEA。

此时，马瑞芳和杨胜利二位大姐与坐在对面餐桌上用餐的一位老妇和她的女儿们用各自的语言沟通上了。在善良的人们之间，善就像一座桥梁，一个眼神、一个手势便可以让他们会意，引导他们迅即走向彼此的心灵世界。这不，她们要合影了，马瑞芳拿出相机说，团长，给我们拍个照！我和东西、托马斯相视而笑，接过相机，我为她们拍下了这一瞬间。

2009.4

太阳不能同时照亮的世界（一）

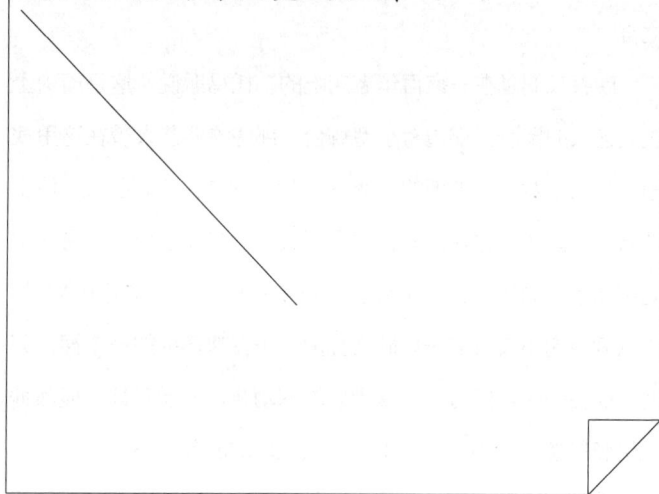

北京/法兰克福（2009-10-12，星期一，上午）

我们乘坐的 CA965 航班于当地时间早上六点十分落地。外边还是一片黑乎乎，天没有亮。刚才飞机降落时，看到机场周围一片灯火辉煌。这里与北京时差七小时，所以，我们在北京首都国际 3 号航站楼上飞机是在夜里两点，飞了八个半小时，到这里虽说已是清晨，但由于季节的关系，天依然没亮。这就是世界，太阳不能同时照亮的世界——太阳都不可能同时照亮整个世界。

出了法兰克福机场，下起了大雨。大家纷纷撑起雨伞。中国图书进出口总公司曹庆宁女士（是一个长得丰满，戴眼镜的女孩）接到我们，移交给一位叫傅穸的当地华人导游。他说，早餐已经安排好了，我们先去吃早餐，然后上午在法兰克福活动，午餐后去往住宿地。

我们团队一共三十九人，分别由来自辽宁、山东、湖北、陕西、浙江、广东和中国作协部分人员组成。

整个作家团由一百零三人组成，共来自十一个省市，由中国作协主席铁凝为团长，中国作协主席团委员、党组副书记、书记处书记张健和中国作协主席团委员、党组成员、书记处书记杨承志为副团长。下分A团、B团、C团。

A团有铁凝、王蒙、张健、莫言、余华、童忠贵（苏童）、叶延滨、何申、田代琳（东西）、赵本夫、田永、葛水平、徐萍、阿来、李荣飞、励婕、徐则臣、李敬泽、黄燎宇、李永平、刘震云、蔡益怀、周蜜蜜、黄文辉、龚鹏程、蓝博洲、陈克华、杨红缨、刘宪平、张涛、白雪、王杨、彭士团。共34人。

B团有（北京）李青、刘庆邦、贺绍俊、韩小蕙、郭威、陈丽坤；（上海）孙颙、孙甘露、陈丹燕、藤肖澜、程小莹、陈贤迪；（天津）赵玫、肖克凡、王松、李鹏、武歆、陈辉；（黑龙江）李曙光、何中生、王阿成、常新港、王左泓、王志科；（河南）郑彦英、孙广举、马新朝、邵丽、李巧燕、金迪声。共 30 人。

C 团有（北京）杨承志、艾克拜尔·米吉提、胡平；（辽宁）邵永胜、马秋芬、王素英、李铁、于晓威、顾恐鑫；（山东）王兆胜、赵德发、钟海诚、陈占敏、刘玉栋、李群；（湖北）陈应松、董宏猷、田禾、胡翔、王克、卢晓雁；（陕西）雷涛、叶广芩、杨宏科、王芳闻、李朝全、温仁百；（浙江）郑晓林、嵇亦工、杨东标、吴琪捷（王手）、王颖、庄玮；（广东）温远辉、杨克、范英妍、李爱云、邱超祥、岳雯。共三十九人。

而 C 团三十九人将一起活动两天，直到 10 月 14 日早上来自辽宁、山东、湖北、陕西四个省的作家分别到各省友好城市活动，会留下浙江、广东两省作家与我们中国作协的几位一起活动。

由于这个庞大的作家团的组成分了三个阶段，所以在法兰克福未能全部订到客房，只有 A 团、B 团住在法兰克福，我们 C 团住到曼海姆去。其中 A 团于 10 月 10 日先期抵达德国，铁凝等人先在柏林进行活动，之后才会赶到法兰克福。B 团则由于航班原因，比我们晚起飞十二小时，将住在法兰克福参加活动。中国作家百人组团出访，这也是建国以来的首次，充分说明我国国力的增强，同时，国外也开始重视中国作家的到访，从一个侧面印证中国文化的影响力。崛起的中国经济，是需要以文化为灵魂，走向世界，并让世人习惯和接受。

导游一接到我们，便说安排好了早餐，拉我们去吃早餐。实际上他把我们拉到了机场附近的希尔顿饭店进餐。我在飞机上吃得很饱，不想再吃什么。也有十来人似乎和我一样，没有进餐厅去。于是，他们开始在外照相。应当说，这里景色优美，刚才进来时，有人似乎看到了小鹿，在那边惊惊乍乍的。路边有注意动物的提示牌。现在天色见亮，看得清周围。雨已经停了，大朵的云彩挂在天上，其间透着蓝天。看来这里雨水丰盛，但不是那种下不完的梅雨，而是来一片云就有一阵雨，一会儿就停。真正应了那句古诗："东边日出西边雨，道是无情却有情。"

大巴车来自捷克，司机叫乔尔奇（音译），四十八岁，有两个儿子一个女儿。我和他在他的大巴车前合了影，也抓拍了几个镜头。那边墙上的爬山虎藤叶已经一片鲜红。高大的松树郁郁葱葱。不断地有飞机掠过远处的树梢，越过那边的楼顶，缓缓落向机场。显然，这里离法兰克福机场很近。法兰克福机场是枢纽机场，很大。

导游结算完最后的账，上车来介绍说，请大家把表核准一下调过来，现在是法兰克福时间 12 日早上 7：34。我看了看手机，是北京时间 13：34。我问时差不是七小时吗？他解释德国实行夏时制，到十月的最后一个周末才结束，所以现在只能按相差六小时来计算。

法兰克福雨后的天气，湿润而纯净的空气，满目葱茏的城市森林，吸引了大家的眼球。从饭店出来拐上的第一条高速公路，路标牌是黄色的。后来我才搞清，德国国家级高速公路有九条线，路标都是蓝色的（与国内一样），公路都是用单号（个位数）编号的；而州级公路标牌是黄色的，用双数（两位数）编号；区级公路则用三位数编号。他们的公路可以说纵横交错，交通十分便利。

在国内临行前曾说已为我们多付了一天的房钱，为的是让我们下了飞机就能入住宾馆休息，以便倒过时差。后来临时告知，由于客房紧张，只能到 12 日下午两点才能入住，此前只好在法兰克福观光市容了。导游说，这里的商店和展馆都是上午十点才开门，我们先去罗马广场。于是，大巴车将我们带到了市中心地带，在一条马路边上停靠，导游告知一会儿在这里上车去午餐。

穿过一条古色古香的街道，导游将我们带入了罗马广场。这里的建筑很有特色，大都是哥特式建筑。导游说，二战时，这座城市被盟军轰炸了三十三次，几乎夷为一片废墟，很多建筑都是后来建造的。按时下的中国标准，这是一个小型广场。广场中央有一个雕塑。在这里大家还是被建筑特色所吸引，纷纷留影。

旁边就是一座大教堂。这类教堂在欧洲比比皆是。走出教堂我们穿过一个街区，这里有一片商店、餐厅、食品店。餐厅的餐桌摆到了街面上来，撑起一个个遮阳伞，不过此时空落落的，没有一人光顾。也许中午或晚上这里会聚满了人。在街口的面包店，有人开始买面包，也有人在买德国巧克力。

导游说带我们去歌德故居。转过一个街区，便是歌德故居。是一座五层楼，后面还有三进小花园。而展厅入口的居所，似乎是后建的，一进门便有一个宽敞的存衣存包处，然后是一个投影大厅。我想或许有时还可以在这里朗诵歌德作品。在拐角处立着一尊歌德的青铜头像。穿越过道，进入另一个大厅，在这里摆放着歌德和夫人的石膏头像。出了大厅便进入后花园。这里有几棵大树，树下还有木制长椅，在一侧墙上，还有一个滴水龙头，院里爬满了常春藤。在一个墙角有一个小门，走出去又进入另一个小花园，在这里的墙脚也摆着一个木制长椅，旁边是一些阔叶植物。

返回小院，在另一道门后是真正的歌德故居所在。可以上到四层，往上被绳隔着不许上去。有歌德书房、生活起居室和几间展品陈列室，展橱里摆放着几枚鹅管笔和歌德的笔迹。

在故居入口处有歌德的铜雕嵌进墙体，在台阶上我们依次留影。

出得歌德故居，我看到在歌德故居屋顶后方，有一座现代化建筑直刺苍穹。风很大，一只蓝绿色的空易拉罐在道路中央被风吹得滚来滚去，开过来几辆车，都小心地避开了易拉罐，没有碾压。这时，一个瘦高的男人骑着车过来，把车支在路旁，走到路心捡起了那只空易拉罐。看他衣着不像一个拾荒者。莫非是环境保护主义者？德国有绿党，或许是绿党成员？他把易拉罐放进车后架上一个类似马褡子的布袋里，骑车离去。遗憾的是，我未来得及把他方才俯身拾起空易拉罐的镜头拍下来，只有深深地刻在脑海里。

在穿过马路时，在一个马路安全岛上的电线杆下，挂着一张默克尔参加竞选的宣传画，她正在瑟瑟秋风中向着路人投以一种凝固的微笑，头顶处纸边已经有点被风撕裂。今年是德国选举年，默克尔已经连选连任总理，于9月17日胜出。10月底前新的一届议会将选举产生。德国主要政党有六个，默克尔

所在的是基民党，还有基社盟（被称为与基民党是姊妹党）、
社民党、自民党（本次获选成绩较好）、左翼党、绿党等。那
张宣传画像并不大，对开，挂在电线杆脚下，体现了德国人的
一种务实精神。

2009.10

太阳不能同时照亮的世界（二）

路德维希/曼海姆（2009-10-13，星期二，上午）

从地图上看，由曼海姆、路德维希港往西南去，越过萨尔布吕肯便是法国北部。在它正西方，便是卢森堡，夹在德国、法国、比利时三国之间。

上午参观曼海姆市容。其实，曼海姆与路德维希港隔着一条河，乘城际快速铁路，四站地就到了曼海姆。从我窗口看见的斜拉立交桥下，竟是城际快铁车站。浙江的几位作家说，其实他们昨天下午就去了一趟曼海姆，坐公交车半小时就到了。现在乘城铁速度更快。出得火车站停满了待客的出租车，清一色是奔驰320。人家在这里把奔驰也就当出租车用。奔驰车最早就是在曼海姆生产的。这也是这座城市的骄傲。远远地从行驶的城铁窗口，就可以看到有一座建筑物顶上奔驰车的巨型标识。

导游把我们带到了位于城市东部的老水塔。离火车站不远，过了两个红绿灯就到了。老水塔伫立于青青的草坪和绿树环抱中。有几位园林工人正在草坪外围铺种花坪。这里没有围墙，是开放式的市中心公园，旁边就是车水马龙的街道。两边是马路，中间是有轨电车轨道。这里的有轨电车巨长，差不多有一列小火车那么长。其实有轨电车是清洁型交通工具，在国内有些城市还在使用，比如大连、哈尔滨等。北京一解放就逐步改为无轨电车了，现在常常是无轨电车和公交车争抢同一车道，是高峰期往往形成交通堵塞的原因之一。

导游宣布半小时后在水塔南边的喷泉边上集合。于是三十九个人的团队，围着老水塔留影观光，自成一道风景，让那些习惯于安静、秩序、刻板的德国人，感到一些不适。这些大声喧哗的中国人，使这座古老的水塔似乎也醒了过来。

这座巴洛克风格的水塔坐落于腓特烈广场（Friedrichsplatz，也有人译作弗里德里希广场），由建筑师古斯塔夫-哈姆胡伯始建于 1886 年。塔高 60.33 米，容量 2000 立方米。塔顶是海神安菲特里式的塑像，她是希腊神话中海神波塞冬的妻子。而塔基上也有许多雕塑，墙体上还有一个雕塑水怪，从嘴里吐着涓涓细水。1903 年，建筑师布鲁诺-施密茨在水塔周围又设计建造了喷泉、水池、拱廊等其他附属设施，与广场、水塔融为一体，十分美观。

有一个德国人走来，向我们当中的一位吸烟的作家要了一支烟，点燃后就坐在一旁的长凳上吸了起来。他的这种毫不见外的坦然精神，令这些作家们惊叹不已。我把他拍了下来。他手里还握着一只矿泉水瓶。

公园里的小路，环喷泉池的小道，都是用细石子覆盖的。在这一方肥沃的土地上，要寻一块裸露的土地都很难，更不要说沙漠戈壁。看来，人就是这样，缺什么稀罕什么。这种细石子唯一的好处是刮风不扬尘，但是清扫起来有点麻烦。这就需要人们高度的自觉意识，不随地乱扔废弃物。在暨出这一带的道口，有一个葡萄架，下面也铺满了细石子。从葡萄架下的空当处，透着那边碧绿的草地和树木。那些其实是玉兰树，如果在玉兰花开放的季节里来，这里一定别有胜景。

广场附近还有一座名叫"玫瑰园"的建筑，也是由布鲁诺-施密茨所设计。这是一座红砂岩建筑物，竟有取名"莫扎特门"和"贝多芬门"的颇有艺术情调的姊妹门。还有一座现代建筑，顶上伸出一个长长的钢板，上塑一个人的钢体剪影高悬于空，从侧旁乍一看去，似乎与真人一样，还要为他略略捏一把汗，当明白过来后，你会会心地一笑。接近路口时，在公园旁有一只真物般大小的铜雕狮子，很是威武。

穿过方才的马路、有轨电车道，经过一条商业街，我们向这座城市的旧王宫出发。商业街橱窗布置得别出心裁，有一个窗口是用麦秸压成捆码在那里，上面摆设了一些商品。还有一个橱窗内，只见用一些糟朽的树根做成架子，将那些女靴摆设其间，自成一景。还有一个窗口，摆满了各种气枪。导游说，德国是禁止私人携带武器的国家之一。这都是气枪，应该是体育用品。时不时地遇到一些建筑物的地下停车场入口，每个入口都很开阔、讲究，不像我们北京的停车场入口，千篇一律，缺少生气。这一点似乎应当向人家学习。来自广东的两位作家，在路旁拍摄一辆泊着的名车。一位蓄着长髯的行乞者，就坐在离名车不远处，当我把镜头对准他时，他却遮住了自己的面孔，用手握出一个小小的圆孔——镜头，俏皮地回望着我。他身旁的那个柳条筐，似乎眼熟。

穿行于这个商业街时，在一个路口看到一群幼儿园的孩子，正在准备过马路。一共十几个孩子，由三个阿姨（女教师）带着。孩子永远是天真可爱的，这些作家就围着这群孩子拍起照来，那三个女教师挺配合的，不断地让孩子们露出笑脸，她们自己也笑得一脸灿烂。这里也有一个小广场，直到领头的女教师一脸灿烂地挥手拦住那些小车，带着孩子们过到马路对面，我们的人才恋恋不舍地离去。这些孩子肤色不同，而遗传基因在他们身上所显示的力量和特征令人震惊。显然，文化的认同容易达到，而基因的认同似永难抵达彼岸。

我们绕过一个街口向王宫走去。曼海姆在十六世纪还是海德堡地区的一个村落，直到 1607 年才开始变成城市。自从 1720 年选帝侯卡尔菲利普把他的宫殿从海德堡迁到曼海姆之后，这座城市才发展起来。选帝侯王宫（Residenzschloss）建于 1720 年至 1760 年间，是德国最大的整体式巴洛克风格建筑。王宫占地广阔。现在，宫殿大部归曼海姆大学所有。只有部分王宫对外开放。已是中午时分，下午一点半我们还要前往法兰克福参加书展开幕式等活动，在这里已经没有入王宫参观的时间了，不能不说是我们此行的缺憾。不过，世界总要留下一些缺憾才显得完美。我们留了影，便在导游带领下向火车站走去。现在看来，我们是在曼海姆城走了一个"口"字形。

在火车站前，导游遵从大家意见，让各位自己吃饭，给了四十分钟时间。

　　我们几位进了一家土耳其餐馆。我要了一份烤肉米饭，一碗奶油西红柿汤，一份红茶加奶。胡平说牙疼，吃不动牛肉，要了一份鸡肉。杨承志书记和两位姑娘各要了一份鸡肉蔬菜汉堡。奶油西红柿汤先上来了，喝着挺可口。于是，杨承志书记也要了一份这个汤。他们免费送来一个饼，类似国内的锅盔，香喷喷的，很柔软。待菜端上来时，我们着实吓了一跳，我那份足足有一大盘，胡平说够三个人吃的。胡平自己要的鸡肉米饭上来时，他竟在那里兀自愣了一会儿，他有点发愁地说，我怎么吃完它呀。但是，进了餐厅的那些土耳其人、德国人，无论男女，风卷残云一会儿就解决了，离去了。我总算把那份饭连肉带米饭吃完，还剩一些生蔬菜。胡平干脆没怎么动。他劝那两位姑娘帮他吃一点，她们说自己的也吃不完发愁着呢。我一共花了十二欧元，他们花了不到七欧元。但是，这顿饱餐的热能将对我今晚的活动发挥作用，这是我后来感受到的。

2009.10

太阳不能同时照亮的世界（三）

路德维希港/海德堡 （2009-10-14，星期三）

早上八点，我和杨承志书记将辽宁、山东、湖北、陕西四省分赴友城的作家团组送到火车站，与他们告别。导游将把他们送到海德堡火车站回来。

在火车站，看到一位土耳其人右侧推着自行车进来。大厅没有售票窗口，是自动售票机——共四台。导游正在其中的一台刷卡购票。那个土耳其人走近另一台近在咫尺的售票机，从自行车后挡架弯过腰去，俯身把自行车支架用手支了起来，准备购票。真是新奇，要在国内，人们肯定要绕过去，用脚踢起那个支架，把它支起来。而在这里，居然有这种方式可以解决问题。

导游果然准点赶了回来，九点半我们出发去往海德堡。

海德堡坐落在山口，内卡河流经这座城市，将与莱茵河汇流。海德堡往南，便是德国南部山区。由瑞士高山地带发源的河流，经过这里流向北方，自荷兰低地汇入大西洋北海。

我们参观了建在耶登布尔山上的海德堡古堡。这是一座典型的中世纪文艺复兴时期建筑风格的城堡，始建于十三世纪中叶，为当时罗马帝国莱茵联邦帝侯的城池，1693 年与法国交战时，遭受战火毁坏。

古堡起初是由红色的墙砖所砌，历经数百年风霜雨雪，现今墙体已变作褐色，处处可以看到历史老人的锈斑。这是一个庞大的建筑群落。有些建筑已经颓然倒塌，而遗留下来的建筑依然显示着其王者风范。

有一个巨大的壕堑将古堡与外界隔开。但是，这道深深的鸿沟并没能挡住战火的吞噬。显然，无情的战火对有情的人类总是有威胁。

在古堡西面，是一个小公园 —— 被称之为"火炮花园"。

公园里生长着各种树木。一位德国老人在一棵树的树枝上在寻觅什么。我被这位鹤发老人稚童般的举动所感染,举起相机把他与那棵树一起拍了下来。我在相机显示屏上再把图片放大,发现那是一棵醋栗树,老人在摘吃那棵树上的醋栗。是啊,是啊,现在是秋季,是一切果实成熟的季节,在德国也依然如此。

一位老人,在采摘一棵树上的果实时,他会想起自己的童年吗?就在这一刻,在品尝这深秋的果实时,我想这是一位最幸福的老人。因为他还健在,至少还能亲手从树上采摘果实,他不需要任何人的相助,可以独享幸福。

我不想打扰这位老人。

在这里参观的德国人——权且这样判断——成群结队的白人,全是老人。上午的阳光洒在他们的面庞上,一个个显得洁白、安详而满足。

穿过这个小公园——"火炮花园",在西侧有一个探出去的瞭望台——应当是昔日的火炮台。从那里可以鸟瞰海德堡全城。这是一座沿河而建的城市。近处有一座古桥将两岸城区连接起来。一些反射着金光的教堂顶上的十字架,高耸于城市之上,映照着碧蓝的天空。阳光灿灿,可视度极好,可以遥望在山口之外的一望无际的地平线。方才我们就是从那里进来的。

此刻极目望去，在那里铺撒着一片片的建筑群落，色彩斑斓，还有一些厂房烟囱，带着警示红圈直指蓝天。

一只乌鸦落在那边被称之为胖堡（直径三十米、高四十米，墙体厚达七米）的城堡连体顶端，呱呱地噪鸣着。一群鸽子，在城堡下的城市教堂上空盘旋。几只白色鸥鸟，在内卡河水面上悠闲地飞翔。只有这座古堡，在兀自追忆着那段战火连天的历史。

导游把我们带入了真正的城堡。越过护城壕堑桥，是建于1531年的四角形城门塔，属历史上唯一没有被毁坏的建筑。1718年，在塔顶修起了巴洛克风格的屋顶。塔楼底部是地牢。而在此刻，在塔楼顶上的金属十字架上，默默地栖着一只乌鸦，俨然是这座城堡久未散去的魂灵。我把它也收进了镜头。在镜头里，它显得十分孤傲，正在遥望着天空中的太阳，全然忽略了我们的存在。

这是一个规模恢宏的王宫城堡，里面的建筑群落是在不同年代、由不同国王所修建的。雕塑和建筑风格也各不相同。我上到城堡北面的平台，地砖上有一个深嵌的脚印，他们说那是一位勇士，当大敌来临时，他从城堡楼上跳下来御敌时，首先着地的那只脚印留下来的。

在城堡地下室有一个大酒库，这里现存两只闻名于世的海德堡大酒桶。最大的一只8.5米高，7米宽，可容纳22万公升葡萄酒，是特沃多国王1751年所造。墙壁上塑有一幅酒鬼肖像和一支巨大的圆规，为这里平添了一份喜悦的气氛。小的那只更古老，造于1591年，可容13万公升葡萄酒。大小不一的酒樽排列其旁。酒库大厅里有冰葡萄酒供游人品饮。广东几位作家慷慨解囊，让大家在这里品尝了冰葡萄酒，那味道的确清冽甘醇，令人难忘。

当我们走出城堡，返回入口乘车时，看到大门外的一个圆柱体海报柱上，贴着达赖喇嘛的画像，只是圆柱体的弧度，把他的脸庞像弓一样绷起，只投过来一个侧影。

在门口的小商店屋檐下，悬挂着一排袖珍万国旗，其中也有五星红旗，在微风中飘拂。

我们晚上要在海德堡大学汉学系进行文学交流活动。

现在天还很早，才刚刚中午。我们按照各自为政的方式，进了午餐。海德堡的牛排给我留下了美好的印象。更为让我生出感触的是，在洗手间看到的一组漫画：有两个大佬，西服革履，戴着礼帽，大腹便便，一副福相，正在满怀喜悦地相互友好对视吸着雪茄。然而，你不曾料想，他们彼此将小便撒在了对方的裤脚上，只是风儿将那弧线有点拧曲。不过，从他们各自的笑脸上全然看不出在相互使坏……

艺术的力量便在于此，它将熟悉的东西给你陌生化，它将陌生的东西给你似曾相识的错觉。任何一种东西，一旦获得了艺术的形态，便将获得永生，你既无法漠视它，更无法抹杀它。艺术的生命力或在于此。

于是，我们开始游览海德堡市容。后来导游又把我们带到内卡河下游一段观光。这一段的河堤全是用钢板构造的，那钢板有点像石棉瓦板那样，带着深槽波纹状，可能是为了驳船通过时减缓荡起的水波冲击。有两只船从河面驶过，船头却停着船主的小汽车，看上去是宝马。我下到一个台坎处，用手触了触河水。是的，万里迢迢而来，却连这水也不触，何以忍心。我掬起一捧水，又让它流回了河流。

于是，一群人在河堤上漫步。或许在国内我们都难得能这样凑在一起漫步。空气清新，令人心爽。天空中不时地有私家小飞机在云朵间穿行。下午，天空有了一些浮云。河堤上的路面没有铺设沥青或其他路面材料，就是原始的乡村沙土路面。如果不是理性告诉我们身在德国，可能会有在国内某个乡村河流堤畔徜徉的错觉。

有几个零星的锻炼者从河堤上跑过。又一次遇到跑过的人们时，其中一位身着浅灰色运动装的女子似中国人，只是她漠然旋起一缕凉风从我们身旁飘过。

在近处，是被藤蔓缠绕的铁篱笆院墙，偶或有一张白色长椅在那里恭候行人落座。一只狼狗在隔着藤蔓的院墙里，向我们底气十足地吠叫。

现在太阳开始西斜，我们得要赶回城去。

当地时间 16：20 接到万莉女士的网络短信："艾先生：您好。我是海德堡的万莉。今晚我们的见面会将在海德堡大学汉学系举行。我们的地址是：Institut für Sinologie, Akademiestr. 4-8. 二楼，Raum 136. 您给司机看的话他会知道怎么待（带）你们来的。到时我们会在楼下等您。"之前，她用她的手机也发来同样内容的短信。

还在国内就已得知，在海德堡大学进行文学交流时，有一位名叫万莉女士会和我们衔接安排交流活动。到了德国，我们已经通过几次短信和电话。

现在，我们六点来到海德堡大学时，正是这位万莉女士迎接了我们。其实她是一位来自江西南昌的姑娘。

还有一位取中文名字梅艾嘉（kaja muller）的德国女孩，一位该校汉学系在读研究生，曾在北京语言大学就读一学期，在台湾就读一年，主攻梁启超学术思想，即德国的一些学术思想是怎样被翻译介绍到日本，又如何通过梁启超翻译介绍到中国，她觉得这很有意思。我听了，也觉得蛮有新意。

卜丽娜，一位优雅、开朗的德国姑娘，也是德国海德堡大学汉学系校友会的负责人之一。

她介绍海德堡大学有六百多年建校史，汉学系建立有六十余年，由当初一位教授、一间屋（既是办公室，又是图书馆，也是教室），发展到现在的规模。

姑娘们不无自豪地说，汉学系能发展到今天的规模，离不开瓦格纳教授的功绩。

来自浙江的诗人嵇亦工、作家杨东标；来自广东的诗人杨克、作家邱超祥分别朗诵了自己的作品。文稿事先由来自浙江大学的在读研究生庄玮在国内译好，我们又从路德维希港发电子邮件给万莉，让她们把关润色一下。今天，万莉见面时说想请梅艾嘉做翻译朗诵，她说，毕竟是人家的母语，她们朗诵起来会很到位。我觉得妥当，建议德语朗诵和现场提问汉译德由梅艾嘉完成，德译汉由庄玮完成。

有近五十位听众与我们交流。其中也有一些国内来的学生。万里迢迢到这里学汉学，真有点匪夷所思。看来留学热开始热得有点变味了，甚至完全开始走样了。这些可怜的孩子，被他们稀里糊涂的家长送到了这里，仅只是满足他们在国内的虚荣？抑或是这些孩子在国内无法通过只认考分成绩的高考，才由家长花点钱送到这里来？从他们眼神中看到的是某种自信的缺乏，见到我们却又闪露着掩饰不住的亲情和些许兴奋。我对他们依然给予鼓励，希望能够成为中德文化交流的使者，在中德文学交流方面发挥桥梁作用。

今天的交流活动由我主持。

在座的有人提出：听媒体传闻中国政府把作家关进监狱，不给办理护照，不让出国，您作何解释？

我回答说，在中国办理护照很方便，任何一个中国公民都可以申请办理护照，还没有听说对哪位作家不给办理护照、不让出国的。中国是一个法治国家，如果在今天真有哪位作家进了监狱，我想肯定不是因为他的文学创作抑或是他的作家身份，我想肯定是他的行为触犯了中国法律。

他还提出：你如何认为中国和德国之间存在的差异？

我说，从中国到德国，我们夜里乘的飞机，飞了八个小时在法兰克福落地，天依然是黑的；也就是说，从中国到德国，太阳都要走七小时，这种差异是客观存在。但是，这并不能影响我们呼吸和交流。

我们当中的一位问了一句：刚获得诺贝尔文学大奖的德国女作家，在你们德国人中有怎样的影响？你此前听说过她吗？

他说：我此前不知道她，百分之九十八的德国人也不知道她。

　　我想，他说的是实话。可以想见，媒体对于诚实的人有何等影响力。

　　这时，国内来了短信，说给我邮箱发了邮件，请我看过回复。是美编要我看纪实版目录和封一至封四设计。萧立军要我拍板连云港市准备支持"郭沫若诗歌散文奖"颁奖活动事宜。

　　这就是纷繁忙碌的世界。

2009.10

太阳不能同时照亮的世界（四）

科隆/杜塞尔多夫（2009-10-15，星期四）

杜塞尔多夫在法兰克福西北部，由此再往北走，可抵荷兰，往西是比利时。

从路德维希港向杜塞尔多夫一路北上，沿途是绵延起伏的丘陵，布满了葡萄园。有时也会经过一些山冈，洁净的风力发电机会一群群、一组组地在公路近旁侍立迎候。到处是绿色，偶或会有已染秋黄的阔叶林。极目望去，视野开阔辽远，令人赏心悦目。

杜塞尔多夫市离科隆很近，这里有一家中国俱乐部，位于该市国王大道。项目经理是戴燕女士。

近三十位听众参加交流。绝大部分是华人，只有一两个德国人，其中一位还懂中文。胡平主持了今天的交流活动，依然请那六位作家朗诵了他们的作品。今天由于这里没有配备翻译，让庄玮既做口译，又用德语朗诵了作家们的作品片断。

四点至六点一直在这里。改变了原定在这里进晚餐的计划，返回路德维希港，车程三小时。

上午，顺道参观了科隆市容。在科隆大教堂前留影。

一个黑人在那里表演，他喝了足足两大瓶（是德国出售的大瓶装）矿泉水，肚子都鼓胀起来。然后，他开始喷水表演，带着表情和肢体动作，向着不同的方向口喷清水，那水洒落最远处有丈许。在另一旁有身着蜘蛛侠服和古代武士装束的行为艺术家，却无人在意，游人几乎全被这位黑人吸引过来了。在人群之外是悠闲漫步的鸽子。

我和庄玮在教堂附近的一家网吧上网看了昨晚发来短信让我要看的内容，要价一共 5.7 欧元。网吧主人是土耳其人，在我上网期间，他用土耳其语与一位生意伙伴通话，商谈价钱，我基本都听懂了。

他和庄玮用德语聊了一会儿。

庄玮说，这位网吧主人说，他曾去过中国，在义乌住过两年。

是啊，这些年在浙江义乌云集了各国客商，曾经有过报道，一位巴基斯坦裔少年在义乌上学，发现班里的所有好孩子都加入了共青团，他也提出要入团，结果带来一系列的困境：涉及中国共产主义青年团团章、《国籍法》等一系列的复杂问题。一个异国少年的美好希求，居然触动了我们社会未曾面临、沉睡的某些神经末梢。

今年五月，参加全国政协民族宗教界一个活动，北京市伊斯兰教协会一位负责人说，他前不久去了一趟义乌，在那里参加了一次清真寺主麻（星期五）礼拜，居然来了六千名穆斯林，基本都是外国人。想来这位网吧主人也是曾经在那里参加过主麻礼拜的一位了。

在付费时，我对他道了一声："Salao Malikem!"（"真主赐福于你!"）他忙说："Walikem Salam!"（"真主也赐福于你!"）接着他又用中文说："你好!""谢谢!"显然，他学会了一些中文词语。

收费时，他舍去零头，只收了我五欧元。

在从杜塞尔多夫返回时，正好夕阳西下，在越过莱茵河大桥时，一轮红日向河面沉去，十分壮美，再现了"长河落日圆"的古典风景。

我还拍下了另一组珍贵照片，有两座建有巨大冷却塔的工厂烟囱冒出的去尘白烟，在德国原野的上空，与几朵被夕阳染得金黄的云朵交织在一起，让人颇多遐思。

减少排放，减轻温室效应，已经是人类的共识。而这一缕排烟与云朵的交织，似在无声地提示人们该怎么做。

美因茨（2009-10-16，星期五）

美因茨距法兰克福很近，位于法兰克福西边。

我们先去游览了莱茵河风光。在一个小镇停下来，正好是席勒诗里写到的罗勒莱女妖山对面，有一家翻译过来名叫"鸟瞰饭店"的小饭店，导游进去交涉可否使用他们的卫生间，店主说，只要不往小便池里吐痰就可以。导游把这个意思告诉大家，提醒大家一定要注意。

午餐我们是在圣高尔小镇吃的，每人十欧元，很丰盛的西餐。窗外就是莱茵河，外面下着雨，窗外挂满了点点雨珠。大家有点担心，可能乘游船时会挨雨淋。不一会儿刮起风来。但是，当吃完饭时，雨停了，云开日出，阳光灿烂。我们要乘船游览。

在莱茵河两边的山上，有着一座座古老城堡，如诗如画。河两岸都有电气化铁道，不时地有电气机车疾驶而过。两岸是绵延的小城镇，公路好似项链将这一座座美轮美奂的城镇串在一起。

在一个弯道处，发现一个德国农民的"小秘密"。在依山势而造的葡萄园里，有一道弯弯曲曲的高架单轨，乍一看去，以为是隔离栅栏。其实不然，原来是他们上山的牵引车轨道。只见一位在前边驾驶位上驾驶，后面车筐坐着两位，三个人向山腰攀去。他们大概是要劳作——采摘葡萄的吧。但是，他们将不费气力就到那里。而我们的农民恐怕还要肩挑手提，才能到山间梯田去劳作。机械化居然精细到这一步，值得学习。

我们乘船在莱茵河上游览一圈，导游说，这一段是莱茵河风光最美的去处。不时地有挂着不同国家国旗的船只开过。显然这是一条水运繁忙的河道，且是一条国际航运河道。在那些船头船尾，或停着一辆，或停着两三辆小汽车，大概船主一到码头，便要开着他的小车跑遍河两岸城镇，排解在河面上风和雨带给他们的寂寞与孤独。

下午，我们告别莱茵河谷，乘车赶往美因茨。晚上要在美因茨大学进行文学交流活动。一路上都是处处可圈可点的田园风光。在下午柔和的阳光下，更是平添了色彩，婀娜多姿。

交流活动是在美因茨大学哲学中心举行，有三十余位听众参加交流，大多数是留学生和侨居者，气氛热烈。今天只有一位德国中年妇女参加，似是本大学教师。所以让庄玮坐在她身旁给她翻译。作品就没有用德语再朗诵了。

他们还有个书友会，交流阅读从国内获得的书籍。

周晓霞女士说，当年有人用一份《人民日报》包着从国内带来的酱油瓶送给了她，她高兴得不得了，将这份已沾油渍的《人民日报》保存了一年多，反反复复地阅读，陪伴她度过了一段孤独时光。

在德国高速公路上，均是用回收塑料二次利用垒起的高速公路隔音墙。浅绿色、鹅黄色、灰色，隔音墙色泽不同，在有的地段已被路边的藤蔓覆盖，与高速公路浑然融为一体。

在一处加油站小超市前，还看到一垛垛用编织袋码好的劈柴待售。显然，在这一方大地上，依然有人在望着红色的火焰，嗅着劈柴散发的特殊芬芳，享用着以壁炉采暖。

路德维希港/法兰克福（2009-10-17，星期六）

上午休息。

中午十二点集合，前往法兰克福参观书展，之后前往机场，踏上回国的旅途。

法兰克福书展我们直奔主宾国展厅。还在入口处，我们就感受到了德国人对图书的热情，可以用一句套话来形容——真可谓人山人海。我们通过安检（这里的安检相对于国内的重要活动和场所的安检措施来讲，还是很松弛的，仅只是让我们打开提包盖匆匆看过而已），就发现一号展厅内人头攒动，大都是德国人。显然，他们有良好的阅读传统，所以才如此热爱书籍，前来参观展出。当然，我从开幕式那天，主持人（德国国务部长）、法兰克福市长、黑森州州长，乃至默克尔总理的言辞中便可以窥见，德国人在经历了二战的痛苦后，通过法兰克福书展试图努力最终实现寻回失去的尊严。并且，以这种方式，获得对国际社会的某种发言权。迄今书展已举办六十一年，有二十多个国家曾经成为主宾国。当然，在德国具有更为久远历史的是莱比锡书展。但是，在二战以后，莱比锡为东德所辖，一道柏林墙相隔，似乎与当时属于西方世界的西德并无关联。也因此造就了法兰克福书展。这是后话。

我们穿过一号展厅，直奔主宾国展厅，在这里人气更旺，涌动的人流让我们这些写作人怦然心动，有这么多的读者，当然没有理由不把书写好。

在展厅与展厅间的院子里，也是人流涌动。还有许多中学生模样的年轻人，穿着各种各样的卡通服装并化了妆，在那里摆出各种姿势，或穿越人群做出各种动作，给这个书展增添了别样的气氛。在展厅内，我还看到了人体艺术表演者正在那里十分投入地表演。

主宾国展厅里声光电并举，中间的大圆盘是用活字印刷字体摆出的，很多德国观众忍不住都要抚摸一下那些在他们看来笔画复杂充满神秘色彩的汉字。还有一些人可能是走累了，索性坐在那些汉字上。应当说，这个展厅充满了人文情怀，允许这些参观者坐在展品上。其实，我在主宾国展厅入口处就看见几位女士，大概是走累了，坐在大厅水泥地上小憩。我为他们这种朴实精神感动。

我看到一位德国工作人员，拿着一幅画像（由于是从中间握着的），那画像已经窝了起来，从我身旁经过时，才发现那是李敬泽笑模笑样的肖像画。可惜没有准备，否则我是要把这个生动镜头抢下来的。只有领袖们才具有的肖像画，此刻也让作家们分享了。

入口处设了两个工作台，有几位工作人员在分头服务。还有一个工作台是自取图书的，插着中德两国小国旗。到服务台取书的德国人很多，还分别赠送装书的纸袋和徽章。当我取了一套宣传资料，想起要一个纸袋时，服务人员告诉我，纸袋没了。可见受欢迎程度。

我在这里拍了不少照片，甚至拍了一段有三分多钟的影像资料，场面非常感人。有一个童音在用德语朗诵中国女作家杨红樱的作品。那女童朗诵得很投入，虽然鼻音很重，却也抑扬顿挫，有着别样的情趣。

2009.10

杨志广生命中的最后十天

    杨志广是 2007 年 7 月住进煤炭医院时发现肺癌的。当时我和胡殷红去医院看望他，他自己说，从胸部抽出了五升积液。可能是烟抽多了，又有点着凉。前一段老有点咳嗽、发点低烧。可能就是这胸部积液闹腾的，他说，这两天可能还得要抽积液。当时他自己还不甚清楚。不久就转到协和医院治疗。后来又到武警总院做了伽马刀手术，一直在做积极的治疗。

    2008 年 6 月我兼任《中国作家》主编。还在我到任不久，我去他家看望，他向我平静地叙述自己病情已经转移到骨头，医生说是在脊椎内侧，不好动手术，他正在吃一种进口抗癌药，很贵，但半年后可以免费。我为他的这种平静感动。我对他说，我的手机二十四小时开着，有什么困难随时告诉我，我会尽全力解决。

之后，几次去他家看望过他。他有时也来班上走走。我对他说，你就不要操心工作，想来班上走走，只要有精力，随时过来，就当散散心，老窝在家里会憋闷的。杂志社组织一些座谈会、评委会，我都会请他参加。他也都会自己开车过来。杂志社的一辆中华车一直由他开着。每次我都会问他一句，如果自己开车觉得累了，告诉我一声，我可以配备司机给你开车。他说不用，自己开车没什么事，这样方便。我说那可以。其实，我自心里为他这种泰然感到欣慰，也想以这种对他泰然状态的尊敬，给他一种新的鼓舞和信心。

2009 年 9 月 6 日（星期日）下午，我请他作为"郭沫若诗歌散文奖"评委参加评委会时，他还是自己开车来的。到了 9 月 9 日，他给我打来电话，说这两天他已经站不起来了，星期日下午的评委会结束后，他们同学聚会他还去参加了，当时在饭桌上就觉得右腿麻了一下，也没太在意，是他两个同学开车给他送回家的。第二天早上起床就觉得腿脚不好使唤了，没想到恶化很快，现在没人扶着搀着，他已经完全站不起来了。更麻烦的是，他已经三天没有大小便了，腹胀得难受，不去医院不行了，问我能不能让小时（时新刚）把他送到医院。我说完全应该，问他要不要我们联系医院？他说不用，朋友已经联系好了武警总院。顿了顿，他在电话里说，老艾，我这次进去恐怕是出不来了。听筒里他的语气悲凉。我宽慰他千万不要这么想，一定要有信心，能够治好出院的。也就是在那一天，我们送他住进武警总院。

9月11日（星期五）上午，我和萧立军、邹琳琳、时新刚去武警总院看望他，正好遇见他的同学民政部副部长窦玉沛，还有他的另一位南开大学新疆籍女同学胡建。当时他坐在轮椅上，说两腿完全已经失去知觉，自己不能动，躺在病床上翻身还得要人帮忙，所以雇了一个男护工。小便的问题是插上导管解决的，大便要灌肠才行。一个好端端的人，就这样瘫倒了。他的女同学忍不住落泪。也就在这次，志广说，老艾，看来还得像你当初说的，找个司机把车开上吧。我说可以，在找到司机之前，让小时随时过来服务。

国庆节他也是在医院过的。国庆后，他听从医嘱，回家休养一段时间，准备接受下一轮治疗。事实上，志广这时已不想住在医院里了。何建明后来告诉我，他的父亲也是因这种病去世的，到了最后那些日子，就是不肯住院，硬要回到家里。可能那种心境非常复杂，应该理解志广。

　　10 月中旬末，我从法兰克福书展回来，就忙于筹备 22 日的"郭沫若诗歌散文奖"颁奖活动。遗憾的是，这次活动志广没能参加。这天上午，因为发烧，我让小时开车送志广去的医院。医院只是给他开了一些退烧药，就让他回家了。

　　10 月 24 日（星期六）下午，杨志广本人给我发来一则短信："艾主编：周一上午八点我要去宽街中医医院，一位朋友帮我约了一位副院长，趁人家还未上班先看看。志广"。我当时就给小时打了电话，让他星期一早上送志广去医院。

　　10 月 25 日（星期日）下午，接到杨志广夫人朱霞的短信："艾主编您好。我是志广爱人，我需要求助组织帮忙。志广近几日一直高烧。情况不明。我的意思是还是让他住院观察，但他拒绝住院。另外，家里的保姆也跟我提出不干了，他胜任不了这个活，说太累弄不动他。我本身自己已在全力帮他，但还是不行。我真是没折（辙）了。……拜托您能帮我出个主意。"

　　我立即给朱霞回了短信："明天早上去医院时，能否和那位将要见面的副院长商量一下住院事宜？发烧恐怕还是得住院治疗。小时明早开车去送。我给他也交代一下。"

　　我又与朱霞通了电话，她说志广不肯住院，她说了他也不

听，甚至有抵触，不知该怎么办好。我建议她明天去中医医院
时，请那位副院长留住志广住院，这样志广也不会多想，会听
从医生建议的。不然，你说了他不听，我说了他自然就会联想
是不是你让我这么说，效果不会太好。我会给小时也交代清
楚。朱霞表示同意。因为毕竟他在发烧，且病情如此——癌症
已转移到脊椎内侧压迫神经半身不遂——按医生的说法是高位
截瘫。发烧说明有新的炎症，在家里是解决不了的。

后来，我和小时又通电话，做了进一步交代。叮嘱他明天
一定要让志广住进医院，先解决发烧问题。

10月26日（星期一）上午八点我就与小时通了电话，他
说已经到了医院，我告诉他无论如何要请副院长把杨志广留住
住院治疗。快十一点小时打来电话，说志广已经住进医院了。
现在他还要去志广家里给拿点东西回来。

下午四点多，我和萧立军来到宽街中医医院肿瘤病房看志
广。只见他精神状态不是太好，我握了他的手，似乎体温基本
正常，医院已为他输液，治疗还是发挥了作用。不过，通常这
个时候烧会退的，到了晚上六点来钟，又会发起烧来，这可
能是人体生物钟的某种规律。我和他聊了一会儿，说了一些宽
慰的话。他说，老艾，我现在的感觉是一天一个风景，变化很
快，这两天我甚至感觉到我的语言也出了问题，有些词我想说

说不出来。朱霞情绪低落地说他腹胀问题还没解决，已经导尿、灌肠，但是肚子还是鼓鼓的。我撩开被子看了看，他的肚子胀鼓鼓的，甚至有点发亮。朱霞说，他的脚也是肿的。禁不住就流泪了。我把朱霞叫到了过道，朱霞说，志广甚至想自己了断，他不想再受折磨。我对朱霞说，你可不能当着他的面情绪低落，你要坚强些，要给他鼓舞，让他获得信心，拜托你了。有什么困难只管找我，我们来协调解决。

这时，护士进来要给志广再挂吊针，我们为了不妨碍治疗，准备告辞。我握住志广的手时，他忍不住哭了起来，我看到他的牙齿已经没了光泽有点发暗。我的心隐隐作痛。我还是说一些宽慰的话，告诉他，只要烧退了，情况稳定了，就送他出院回家。他一边在哭，一边在点头。当他情绪终于稳定下来后，我和萧立军就退了出来。在肿瘤科接近过道尽头的一间病房，看到已经溘然而逝的一位老妇，家里人已经为她着了丧服，殓进一个推车，正准备送往太平间。这就是医院，生命与死亡之门都是自这里打开。生命的规律似乎也是如此。

但愿志广挺过这一关。

在路上，我想起了父亲在我面前在医院病床临终那一幕。老萧讲起她母亲患乳腺癌手术后活了十六年，最终离去。

我回到杂志社，又回到集团办公室，处理了一些事务，才回家去。

今天（2009年11月1日，星期日，大雪），我去了两次宽街中医医院。

上午11：58，杨志广夫人朱霞哭着打来电话，说杨志广神志不太清楚，一早上都在念叨我的名字，好像有什么话要对我说，他几次要拨打我的手机，但又拨不出去，所以她才给我打来电话。她说："志广要跟您说话。"我听到微弱的声音，语无伦次。我在电话中安慰志广，让他把电话给朱霞。这一点似乎他听明白了，听筒中传来朱霞的声音。我告诉她，不要着急，我马上去医院。

就这样，我12：30赶到了医院。杨志广状态比前几天差多了，他神志不是太清醒，一会儿睁开眼睛，看到我，只顾念叨，怎么办呢？……怎么办呢？……怎么办呢？……没有下文，他很难受，在受病痛的煎熬。我抚摸着他的肩膀，安慰他一切都会好起来的，你先睡一会儿。他闭上了眼睛，小憩了一会儿。又睁开眼，说，吐……吐……我问他是不是要吐？护工赶紧拿过塑料袋，送到他嘴边，他吐了。他似乎这才舒服了些。过了一会儿，他喃喃道：我自己……我自己……慢慢走……慢慢走……我听明白了他的意图，前些天朱霞曾告诉我，杨志广不想受折磨，想自己了断。我曾劝慰朱霞，要鼓励志广，要给他勇气。现在，他依然是这一念想。我把朱霞叫到过道，给她说了志广的喃喃之语。朱霞很难过。我告诉她，你一定要挺住，你不能崩溃，现在你们家你就是顶梁柱了，志广完全依赖于你。我们会尽全力帮助，但不能替代你的作用。后来，志广安静下来以后，我在一旁守着，让护工和朱霞先吃饭。护工说他已经吃过午饭。我就看着让朱霞吃罢午饭才离开，回到家才吃的午饭。

傍晚 18：38，朱霞发来短信："艾主编，医院已让做最坏的准备，下通知了。我现在回家准备衣服。"我立即给她回了一个短信："明白。"随即给李冰、张健、杨承志、何建明等领导发去短信，告知杨志广病情发展情况。

我带着时新刚和司机小何赶到医院时，病房和过道里挤满了人，还有杨志广家的亲戚。何建明已经赶来了。葛笑政两口子也在这里。还有章德宁两口子、方文夫妇、邹琳琳等。

我和何建明、葛笑政一起听取值班医生的病情汇报。医生说，志广的病情有新的发展，星期四做头部核磁共振时，发现有脑栓塞。值班医生怀疑现在有脑出血，但是不敢挪动，怕引起更大的出血。因为化验结果表明，志广血液中血凝指数很低——不是血小板，是一种白蛋白酶减少，正常人的指数应在200 单位，而他现在只有 80 单位。这意味着他的微循环系统已经彻底崩溃，不知道何时、在何部位会引起大出血。危险到只要一碰就可能内出血。但是，就目前状态还没有生命危险。

我留下来和朱霞、志广哥哥、志广儿子一起与值班医生沟通，让其他的人都回去了。家人提出加大对志广的镇痛剂的使用，医生说，镇痛剂有抑制呼吸的副作用，过于密集使用对病人不好。何况现在病人自主意识很差，很容易呼吸受阻。科学就是科学，它有它严密的内在规律，而它的外壳往往显得冷酷。面对它，凡人只能无奈。无奈有时近乎于无助。我们回到了病房。志广已经神志不太清醒了，他侧卧在病床上，两手攥住了病床的不锈钢管扶手，在痛苦地喊着：妈妈！妈妈！妈妈呀！妈妈！母亲是伟大的，一个刚强的铁汉，在被病痛折磨得神志不清之际，依然在喊着妈妈，让人柔肠寸断。上一针使用的间隔期终于到了。医生给他注射了镇静剂，他逐渐安静下来。后来，我留下时新刚陪床值夜，安排方文明天白天陪床值守，夜里10：40才离开医院。

风已经呼呼地刮起来，白天里压满枝头的雪几近一扫而空，空气很是清新。明天应当是个好天气，可能气温会冷一些。

但愿志广能够挺过今晚。

今天（2009年11月2日，星期一，晴）果然阳光灿烂，碧空如洗。满街的树木绿叶被昨天的雨雪洗涤了尘垢，格外惹人眼目。天气很冷。

早上小时就打来电话，说志广高烧，值班大夫说情况不好，可能过不了今天。我立即赶往医院。8：02 李冰书记打来电话，询问杨志广病情。我简要汇报了一下，我说正在去医院途中，到了那里再报告最新情况。他说那我先去作协，再去医院。我说这样好。

到了医院，看到志广艰难地呼吸着。他们家里人没有要求医院实施创伤性急救措施，这是昨晚与医生谈定的，希望尽量减少他的痛苦，不受折磨。

冯立三、冯德华也在那里。

上午10：25，李冰、张健、陈崎嵘、杨承志、何建明五位党组领导前来看望杨志广。

白天由方文接替值班。

晚上十点，我来不及叫车就从家打出租车赶到医院，看望志广。他们说，方才出现过一段危机，血压降得很低，医生打了一针升压剂，现在血压重新上来了。他的亲人们抚摸着他的手，他的手似有知觉。他们说，他现在知道呢。

我看到一滴晶莹的泪珠自志广眼尾静静溢出。亲人们细心地为他揩去那滴泪珠，在不断地、轻轻地呼唤着志广。他的呼吸虽然短促，却渐趋平稳。我为他生命的顽强感动，心里祝愿他，要挺住志广。

十一点多，留下任启发、翟民值夜陪同。冯德华也留下了。我和萧立军返回。

杨志广是 11 月 3 日早上 8：55 走的。时年五十三岁。我们《中国作家》杂志社的员工、志广几位在京同学、他的一些朋友和他的亲人们一起，将他的遗体送往太平间，在那里做了告别。

没想到从 10 月 26 日（星期一）再次住进医院，到离开我们，成为了杨志广生命中的最后十天。

11 月 8 日上午，在八宝山殡仪馆东厅举行了杨志广遗体告别仪式。有二百来人参加。一些作家从外地赶来参加他的遗体告别仪式。他是一位优秀的当代作家和评论家、一位十分敬业的职业编辑。他在五十三年的生命历程中，在《中国作家》工作了二十五年，大半生是在这里度过的。为文学事业，为《中国作家》的发展，做出了一生的贡献。

更让我感动的是杨志广南开大学中文系 77 级的同学。京津两地的同学都赶来参加他的遗体告别仪式。在他生病期间，他的同学们一直在关心他、帮助他，让他感受到了人间的真情和温暖。他们还开了一个博客，在上面发表对于杨志广病情的文字。真是一个感人的集体。

让我们共同缅怀志广！

让逝者安息，让生者平安。

2009.11

冰上之行

那一天，我们普及大寨县工作团接到通知，要在三天内赶到阿勒泰行署去听传达中央文件。那时候，刚刚粉碎"四人帮"，一切亟待拨乱反正，百废待兴，需要上面的最新精神。现在看来，从哈巴河县城到阿勒泰行署所在地阿勒泰县城的绝对距离来说，一天之内轻轻松松就可以抵达。但是，那是冬天，准确地说，是 1976 年的 12 月末。阿勒泰原野早已覆盖在厚厚的雪被之下，哪里是路，哪里是原野，已然难辨。更何况那时的路况远不如今天，所以要留有充足的时间赶路。

　　我们是上午离开哈巴河县城的。那天，晴空万里，没有一丝云彩，唯有猎猎寒风自西面吹来，寒气逼人。出得门来稍一呼吸，两边鼻翼似乎便要与鼻腔沾黏在一起。如在门外洗了手，没有擦干就开门，就会被门把手牢牢粘住手心。

　　那时哈巴河县城很小，我们两辆北京212吉普出行，很快就把县城抛在了身后。此行有伊犁州副州长阿克木·加帕尔、阿勒泰行署副专员托合塔木拉特，还有我们两位秘书和两位司机。我们的司机——哈萨克小伙子臧阿德力已经向读者做过介绍。另一位司机叫夏鼎，是汉族人。不过，他是阿勒泰土生土长的汉族人，祖籍是哪里他也说不清，只说是大榆树下出来的。确切地说，他的汉语说得还不如哈萨克语利落。他年岁比我长，有五十多岁了。个子矮墩墩的，一脸的皮肤十分粗糙。他戏称自己是哈喇契丹——辽人后裔。不久前我们到额尔齐斯河套的冬牧场视察工作，晚上说要住在这里。他很兴奋，说终于可以放松一下了。当晚，公社接待站煮了一大锅马肉马肠，他吃足了手抓肉，痛饮了一回。夜里，在我们几个工作人员同寝的大炕上，他一阵阵地呻吟着，撅着屁股蜷缩成一团，折腾了一夜。令我惊讶的是，通宵他说的醉话浑话都是哈萨克语。

　　现在，两辆北京212吉普已经驶过那些浅显的谷地与丘陵，翻上了一座山梁。布尔津河就在眼前——只要下了山梁穿过那片密密匝匝的桦树林，在冰封雪盖的布尔津河彼岸，在布尔津河与额尔齐斯河汇流处，便是布尔津县城了。然而，山梁上的风势很大，可以看到"白走马"（当地哈萨克人把晴日里起风扬起的雪尘形象地称为"akh jorgha——白走马"）一缕缕的，在雪原上恣肆地驰骋，一团团的雪尘此起彼伏，打着旋儿奔向远方。那简易公路早已被雪尘吞噬，根本看不见踪影。我们是前车，不一会儿，我们的车就陷在雪窝里拱不动了。我们不得不下车准备铲雪。夏鼎的后车也赶到了。他诙谐地用哈萨克谚语说道："'不是乃蛮人能干，而是工具能干！'拿家伙吧！"

两个司机麻利地从后备厢取出了两把铁锹，我和托合塔木拉特副专员的翻译塔拉甫，与两位司机一起轮流铲起雪来。我们让两个领导——两位老人进到车里避风，他们却执意不肯，一定要在一旁守着为我们助威。我那时为了铲雪方便，脱去了军大衣——那是用厚厚的羊皮缝制的大衣——里边还穿着一件短皮袄。我只觉得那短皮袄在阿勒泰的寒风面前，有如一件手工织成的粗毛背心一般，到处钻风。那寒气直透心窝。我无意间一抬头，发现了一个意外的景象，托合塔木拉特副专员的鼻子和面颊变成了白色，霎时像小女孩吹起的泡泡糖一样，鼻头和面颊隆起了三团硕大的白泡泡！原来他是迎风站着与阿克木

·加帕尔副州长说话。我立即意识到发生了什么，当即扔下铁锹抽出皮手套，一边抓雪一边说，托副专员，您的脸冻伤了，您赶快俯下身来！托副专员当时还不明白，这时阿克木·加帕尔副州长也发现了，忙说，托副专员，快弯腰！我急忙拿着雪给他老人家搓脸，搓了一会儿，那白色的泡泡才平复，他的脸和鼻子渐渐还原了血色。真险！要不是及时发现，老人的脸和鼻子会一起冻掉的。此时我也经不住冻了，牙齿直打战。副州长说，快上车吧。夏鼎也把铁锹收了起来，他说这样无济于事，风一会儿就会重新把雪填满，干脆他在前边引路，且开且进。于是，我们在晴空丽日下的雪原，恨不得一寸一寸地辗进。经风吹过的雪盖，已变得坚硬无比。哈萨克人把它称之为"khasat kar"——卡萨特哈尔。北京 212 吉普艰难地破开坚硬的雪盖拱进。终于在日暮时分赶到了布尔津县城。无疑，今天的功臣当然是夏鼎。

晚饭时，夏鼎没有与我们在招待所进餐，他说要去看望一位朋友，夜里很晚才回到宿舍。那时候，一般干部都是四人一间住宿，靠着两边的墙各摆着两张单人床，我们两个秘书和两个司机正好住一间。夏鼎显然喝了酒，而且酒兴正高，他把我们几个都摇醒了，说要为我们唱歌。说着他就站在房间当中，放开歌喉唱了起来，他的身子在酒力作用下不住地左摇右晃着：

在额尔齐斯河对岸看到了你

拖着一条丝织缰绳的枣红驹呀，哎喂

你落在了枝头上啊可怜的鸟儿

鸣叫着不停呀不肯落地，哎喂

黑色的鸟儿，

你艰难地起飞，

可怜的鸟儿，

鸣叫着不停呀不肯落地，哎喂

在额尔齐斯河对岸看到了你，

把你耳坠化作小船接我过河去，哎喂

若不把你耳坠化作小船接我过河去，

你就是公主我也不会理你，哎喂

黑色的鸟儿，

你艰难地起飞，

可怜的鸟儿，

鸣叫着不停呀不肯落地，哎喂

……

　　他唱的是阿勒泰哈萨克人祖辈传唱的歌曲《黑鸟》。他唱得是那样的投入，加上他几分醉意，那情真意切宛如阿勒泰哈萨克人的铮铮一员。他的音准极好，哈萨克语吐词也十分清晰，倘若你闭上眼睛，抑或你不知道他的身世，你决然不会怀疑这位歌手是不是哈萨克人。我被他的歌声陶醉了。尽管这首《黑鸟》我听过千遍百遍，我自己也会吟唱它，而且自认为唱得不错，但是，从夏鼎歌喉里听到这支歌，我依然被深深打动了。我觉得有一股热泉在我眼眶中涌动，我极力不让它溢流出来。唱得好极了！我由衷地赞美着夏鼎。我们三个人禁不住一起为他鼓起掌来。夏鼎似乎忽然清醒了些，满是惬意的他，有些不无羞怯地说，好吧，咱们明天还要赶路呢，睡吧。于是，他略略蹒跚地走到床边，倒头便睡，不一会儿便酣然入睡了。不过今晚他睡得很安稳，如果将他的呼噜声忽略不计，比冬牧场公社接待站那一晚睡得安静多了。

　　真正的奇迹发生在第二天。早上从十分简陋的县委招待所出来，越过那座额尔齐斯河上的布尔津大桥，向东沿着萨沃尔山余脉驶去，不一会儿就走不动了。风已经把山梁上的雪尽数吹到山下，那条沿着山脉的搓板公路，浑然不知去向，隐匿在厚厚的雪被之下，好像要和我们猜猜谜语。这路是没法走了。大家下了车，略略商量了一下：要不要返回县城，从北边盐池那条路上去。此话被夏鼎否了，他说，那边的路是山路，雪比这边更厚，没法走。出现了瞬间的茫然。但路途是不能耽搁的，每个人心里都很清楚。

此时，夏鼎试探性地说了一句，要不，我们就下到河道里，顺着额尔齐斯河的冰面开上去？他用征询的目光看了看我们，最后把目光投向副州长，说，当然河道里会有一些危险，不过，你们要是信任我，我们都会平安无事。

副州长莞尔一笑，说，走，下河道去，没什么了不得的，你不也和我们在一起吗？

夏鼎倏地跳上了驾驶座，作为前车，冲开雪盖，向河道驶去。我们的车压着他的车辙，跟了下去。

我是第一次乘车走在额尔齐斯河冰面上。夏日里，我曾游泳横渡过额尔齐斯河。在我记忆中额尔齐斯河河面开阔，水流湍急。现在，下到河道里，两岸河套里的树林叶子早已落尽，河面似乎一下变得空荡荡的，与岸边白色雪野连成一体。遥遥望去，我依然能体味到白色雪被和蓝色冰盖下湍急水流的力量。就在这一年的春天，布尔津县武装部的一位部长，乘坐八座 212 北京吉普车越过布尔津河时，连车带人掉进了冰窟，连车影也没能找到。而现在，我们一行为了按期赶赴阿勒泰的会议，已经贸然在冰面上行驶了。我想我们在创造着一个奇迹。

在一个河湾处，夏鼎的车十分谨慎地停了下来。我们的车也跟着停住。大家都下了车。河道冰盖上的雪似乎与别处的雪不同，踩在脚底下发出别样的嘎嘎脆响，还能听到从冰盖下传来"咝儿咝儿"的回音。冰面上有一道道不规则的白色裂纹，那是河水与严寒施以冰面双重挤压的结果。

夏鼎指了指河湾靠岸一处一块马鞍垫般大小没有结冰的河面，说，你们瞧，那就是哈萨克人所说的 Jilem——水涡。

缕缕白雾般的水气从那里腾起。由于那里水深，从来不会结冰，是个冰面陷阱。若是结层薄冰，再覆以雪，就更加危险。人畜不小心走过去都可能掉进河里，更不要说汽车了。不过，河面上的雪确实很薄，这是被风吹走的结果。所以方便我们行车赶路。

他说，我在前边引路，你们压着我的车辙走，但不要跟得太紧，那样即使刹车也停不住，车会惯性滑行，免得出事。说罢，他打开前车轮轴头盖子，把前加力加上了。于是，加足了前后加力的两车重新启动了。我们打算在北屯进午餐，天黑前赶到阿勒泰。布尔津与北屯的公路距离是九十公里。一切顺利的话，中午应该能赶到。

我们完全低估了额尔齐斯河。它的河湾变幻莫测，一湾接着一湾伸延开来，向我们施展着它无穷的变数。我们警惕地搜寻着潜伏于前方的每一处水涡——河床冰盖下的陷阱。其实是额尔齐斯河在与我们默默地较量。当然，额尔齐斯河以它的宽容首先接纳了我们，容我们在它的冰盖上行进。但是，它又以无数未知的水涡在考验着我们的胆识。

为了躲避一个个水涡，夏鼎的前车在冰面上不断地画着龙，几近于蜗蜗前行。于是，额尔齐斯河冰面路程变得无限漫长。不过，已然躲过了在公路上被雪盖困顿的尴尬。这一点就已经足够了。似乎不一会儿就到了中午。在光阴面前我们的如意算盘开始落空。北屯在我们前方还遥遥无期。此刻，即使是驾着马拉爬犁，也会比我们前行的速度要快。阿勒泰的严冬向我们无声地施展着它的威力。

时光已经过了正午，我们开始饥肠辘辘。寒冷一阵紧似一阵袭进车内，透过我们严严实实的双层皮袄，开始钻入肌肤，直奔骨髓。而我却想起昨晚夏鼎的歌声，心底涌起一股暖意。是啊，拖着丝缰绳的枣红驹和那将把耳坠化作小船的姑娘今在哪里？远逝的歌者是在哪一道河湾见到枣红驹和姑娘的倩影引吭高歌的呢？那歌声居然越过那个美丽的夏天传颂到今天。

　　前面出现了一片真正开阔的蓝色冰盖。夏鼎的车突然在冰面上画出一个舒惬的三百六十度圆圈，停在那里。他像一个快乐的大孩子，十分惬意地跳下车来，在冰面上自己滑溜了一下。我们的车紧急制动，也在冰盖上画出一个半圆，横向刺溜着终于停了下来。在我们方才经过的冰面上，传来冰盖滚雷似的闷响。

　　夏鼎从车上拿来几块酸奶疙瘩，分给我们车上的几人。他说，午饭是没希望了，含一含酸奶疙瘩吧，不然会冻僵的。哈萨克牧马人在冬牧场上不吃不喝，含一块酸奶疙瘩便能扛过一天的严寒。

　　果然，口含酸奶疙瘩，身体渐渐开始恢复抵御寒冷的天气。不过，车上我们三人呼吸吐出的那点温乎气儿，开始在车窗上结霜，而且越积越厚。两侧的车窗渐渐被封住，就连前窗也开始挂霜。驾驶员的视线开始受阻。他不时地用手划着前窗，努力保持一小块他能看到前方的视窗。我们的车能否继续前行，就维系于那一小块视窗了。副州长坐在副驾驶座上，也在配合，他时不时地划拉着前窗，不让被霜封住。

　　接近黄昏时分，夏鼎又一次在冰面上让车画出一个漂亮的三百六十度圆圈停住了。他说，趁着天黑前，咱们得开出河道，上到公路上去，不然天黑后没法分辨水涡。岸上已经远离山地，是一马平川，路会好走些。

我们一边前行一边寻找着自然出口。在一道看似不经意的缓坡前，夏鼎的车突然加足马力开了上去。当我们接踵而至攀上河岸时，在密密丛丛的白桦林外，是一片一望无际的茫茫旷野。但公路不知去向，满眼白茫茫的雪原，甚至没有车辙。夏鼎的车在前面引路，我们压着车辙紧随其后，向迷茫天际间的北屯驶去。夜幕已经降临，车灯极力划破黑暗追逐着前车尾灯两个跳动的红点。在深夜时分，我们终于抵达灯光稀疏的北屯。

看来，阿勒泰明天才能赶到。

2010.1

连岛遐思

　　我是第一次去连云港。这里地处苏北海角，若不专程而来，是不会因某种事由途经此地的。

　　连云港是欧亚大陆桥交通线的起点，也是东方桥头堡，连接西端的荷兰鹿特丹。欧亚铁路、欧亚高速公路均从这里发端。在我国西部则将分别经过我的家乡新疆霍城县境和阿拉山口。

　　连云港被当地人用五个字来概括："海、古、神、幽、泉"。"海"就是大海。这里濒临黄海，北拥海州湾。连云港前身海州港在孙中山先生的《建国方略》中就曾提及。不过，这里属于浅海港湾，后来出世的巨轮开不进来。所以，连云港向深海挖进三十多公里，挖出一条深水航道，巨轮才得以开进。比起那些天然深水良港，这是一份额外的成本。二十世纪九十年代初，在连云港和东边一个小岛——连岛之间建了一条防波堤，在堤上修了一条公路，它把原来的自然海流截断，现在连云港港湾如不疏浚，将受到海底泥沙淤积威胁。不过，连云港人面对这些创造了新的契机，他们首创了抽取航道淤泥，填出平地的壮举。在不久的将来，在这个防波堤旁将出现一个由航道淤泥填出的大型集装箱码头。

"古"是指孔子曾到过这里观海。现在城边有一座孔望山，就是当年孔子望海之地。不过，后来清代郯城一带的一场大地震，使得海水从这里后退了三十多公里，石山兀立于此，昔日的海只是成了它梦中记忆。真是时世幻化，沧海桑田。现在这座孔望山被一片田野和城市所环抱。攀到山顶，立着今人树起的孔子和他两弟子的塑像。山风猎猎，吹拂着满山的树木迎风摇曳。蓝天白云映照在城市上空，十分惬意。而孔子老人，似乎从这里眺望远逝的大海，智慧的目光穿越时空，注视着海面那一艘艘满载历史重负的巨轮。

"神"是指神话。我国文学史上四大名著之一《西游记》的作者吴承恩是连云港人。在城市东面有一座花果山，相传那里就是孙大圣的居所。现在，连云港人想用一部《西游记》来打造这座城市的文化形象，换句话说，使这座城市蒙上一层神话色彩，让她变得亦真亦幻，更加迷人。

"幽"就是让这里的城市环境变得更加幽静。这里没有污染工业，空气质量好，又是海洋性气候，凉爽宜人，适宜人居住和生活。

"泉"就是温泉。在东海县有一片地热温泉群，是地热温泉疗养胜地之一。

东海县北临山东临沭、西接山东郯城，西边是江苏新沂市，东面便是连云港。东海县不仅有地热温泉，还盛产水晶。现在成了我国乃至世界最大的水晶集散地。

市委宣传部副部长李锋古就是东海县人。他说，小时候，一场大雨过后，在田野上他们可以捡到水晶石。那时候，很多农民并不懂得这就是水晶石，他们用它来垒猪圈。二十世纪八十年代以后，当人们一夜之间发现了水晶的价值以后，那些农民甚至拆掉过去的猪圈，把那些水晶矿石起出来，换得了好价钱。现在，他的家乡东海县有一百零五万人，两千五百平方公里，其中有二十多万人在从事与水晶有关的行当。那种大雨过后在田野里捡到水晶石的事已然成为遥远的记忆。现在只有挖到大地深处，才能与水晶石相遇。

不过，在县城里有三座大型水晶市场，我去看了其中一座，地处老县城中心地带，三层都是水晶商店和摊位，每一处的水晶石都价值连城。现在，全世界水晶产地都有东海人。而在东海，全世界的水晶也都被运了过来。

当然，东海县也是我国最大的产粮县之一，粮食总产量在全国排第六位。一年两收，处处都是吨粮田。眼下正值小麦长穗灌浆之际，满目皆是绿油油的麦田，长着壮硕的麦穗，可以想见，不久就会尽染金黄。收了小麦，就接着种水稻。小麦和水稻都能亩产千斤以上。"手中有粮，心中不慌。"这是智者千古绝句，我以为依然放之四海而皆准。或许，那丰产的粮食，源自地下深处水晶的底蕴？粮食和水晶在这一方天下同放异彩。

我听着五字故事，来到北疏港外的连岛。陪同我来的连云港作协副主席杨春生说，二十世纪八十年代初，他来过这座海岛。那时只能乘船过来，岛上原来有守军，驻扎着海岸炮兵部队，没有其他的人，渔民很少。他上到岛上时，山坡上有一群群的成千上万只山闸蟹，当他无意中走近它们时，那些山闸蟹齐刷刷地高举起一只蟹钳，咔咔咔地钳动，向他示威。他往后一退，它们就向前齐进。依然高举着一只蟹钳，咔咔咔地钳动，向他示威，顽强地守护着自己的领地。山闸蟹自身就是红色的，那一片红一进一退，在那里飘动。那时海滩上还有一种小蟹，也是一群群的，成千上万只在一起。所不同的是，当他一走近它们，海滩小蟹一起举起双钳，频频钳动，向他示威。小蟹则是灰色的，湿乎乎的一片灰色，在沙滩上似潮进潮退般涌动，令人煞是心动。我的心绪却是为之一动。算起来也才过去二十多年，弹指一挥间，生活中的一切都发展了，那种自然景观却是不复存在，得与失之间是我们得到的更多，还是失去的更多？似乎下结论还为时过早。

连岛也是一代伟人邓小平的骨灰撒入大海之地。现在，岛上建有一座"邓小平和人民在一起"的雕塑公园。山上塑有《邓小平和人民在一起》的群雕，由邓小平、知识分子、劳动者、城市女青年、解放军和儿童组成。在那个女童的手上，还雕有一个小布猴，或许象征着这里是《西游记》与孙悟空的诞生之地。当然，现在雕塑公园成了众多游人的景仰之地。

雕塑公园往北，环岛公路又把我们引到一个瀑布之下。没想到在这海中小岛上，竟有这样一处山泉飞流的瀑布。山是水的依靠，水是山的灵气。一山一水，便使这个小岛充满活力。而在这个山泉的下方，是一片海水浴场。不过，现在天气乍暖还冷，无人下海游泳。盛夏季节，我想这里当是理想的海水浴场。

连岛在期待着夏季到来。

2010.7

母亲与鲜花

在我的记忆中，母亲喜欢养花。还在我上小学那会儿，每当春天，她就会在家门口的空地上种上一排排、一行行的各色鲜花。到了初夏，这些鲜花就会比肩盛开，把家门口装点得绚丽无比。我叫得上名的鲜花有玫瑰、月季、芙蓉、美人蕉、波斯菊、蜀葵、鸡冠花、夜来香、凤仙花、太阳花等，还有几丛奥斯玛草藏于其间。伊宁的夏日夜色降临得很晚，母亲为我们做完晚饭，便会进入她的花圃，在那里精心修理花枝、松土、培土。母亲是医生，在一天的繁忙工作之余，这就是她的最佳

242

休息方式。让我惊讶的是，她有时候会和那些花儿讲话。在我小小的心灵中我不敢确定那些花儿是否听得懂母亲的话，但是，从母亲脸上漾起的笑容来看，似乎那些花儿已经作答。父亲闲暇时便会站在花圃旁欣赏和赞美母亲培育的这些鲜花。每当这时，母亲会有一种最大的满足感。而到秋天，母亲就会仔细地将玫瑰、美人蕉等用土埋好，以期它们度过漫漫寒冬。然后，她会精心收集那些波斯菊、蜀葵、鸡冠花、夜来香、凤仙花、太阳花的花种，分类用纸包好，收藏起来，准备来年春天播撒花种。而将芙蓉重新栽回盆内入室。当然，母亲在室内也种植一些盆栽的天竺葵、令箭荷花、夹竹桃、橡皮树、仙人掌等花木。有些便用做药用，比如仙人掌，谁家的媳妇新产患了乳腺炎，敷上一枚仙人掌叶片便会痊愈。母亲会欣然提供给那些登门索取的人。当然，这些花大多不是本地属科的。很久以后，当我游历南方时，在那一方天地见到了它们舒展的倩影。那时候，花木市场远不如今天发达，甚至尚未形成，我不知母亲是怎样费心把它们移栽来的。所以，即便是冬天，在我们家里依然绿叶葱茏、鲜花盛开。而这些绿叶和鲜花成为了我童年记忆的一道风景。

今年端午节放三天长假，我回到母亲身边，陪伴她共同度过父亲仙逝五年忌日。那天，当亲友们走后，母亲对我说，你过来看看我养的这些花吧。她说，你父亲走后，是这些花儿在陪伴着我。

　　宽阔的阳台上摆着几十盆母亲栽种的花。现在，为了免去冬日铲雪的劳作，早在父亲健在时就已经让老父老母搬进了楼房。只是没有了门前老人家可以自由栽种的花围，阳台便成了她的花房。母亲指着一棵仙人掌科的令箭荷花对我说，你看这花，它不常开，但很有灵性，一遇喜事它准会开放。这两天它就结出了大大的骨朵儿，我就觉得你要来了，它在报信呢，你来了它一准开放。你瞧，今天它就真的开了。我一眼看去，那株令箭荷花的茎上，绽开着一朵硕大的红花，鲜艳无比，煞是让人感动。母亲说，你看，那边还有一盆，也结了两个花骨朵儿，那也是为你到来而开的，孩子。我回过身去，果然那两个花骨朵儿从两棵花株萌出，花信已经吐出，含苞待放。母亲说，这两盆花真的很有灵性，当年搬家时，你小妹妹差点把它给了人家。是我掐了一个花株移栽一盆给了邻居，把这两盆要回来的。母亲说，它可灵验了，当年你父亲健在，正好香港回归，一夜之间它居然开出了三十七朵鲜花；后来，澳门回归，它又开出三十二朵鲜花。所以，我一直养着它们。

　　我缄默无语。

　　记得在 2002 年初夏，母亲陪着父亲来北京瞧病。父亲患的是严重的老年性白内障和眼底出血——事实上是糖尿病并发症。我们一连多日陪同父亲到同仁医院。那时，崇文门环岛还没有建成现在这种样子，我记得在东北侧路边上有一些树，类似高大的灌木。有一天，我在环岛驾车蜗蜗而行，母亲突然从车后座上赞叹，瞧，那些石榴花开得多鲜艳！我匆匆投上一眼，果然有几树石榴红花盛开。父亲也应和道，哈，那些石榴花开得真正叫好！末了，母亲说，要是在这里让你爸和我留个影就好了。前面就是红绿灯，我无法解释交通规则的限制——在这里不能停车——前后左右都是滚滚车流。我只是含混地说了一句，妈，回头再说吧，会有机会的。一分钟光景，我驱车从这个环岛路口北转而上，赶到同仁医院东院，扎堆在那里等候进停车场。没想到那道风景自此只能永远留在记忆深处。而如今让母亲赞叹的那些石榴花已不复存在，那里的路口早已改造。更重要的是，母亲希望和父亲在这里留影的美好愿望，也因我一时的紧迫和粗疏，永远无法实现了。人有时候忙忙碌碌的真不知道该珍惜什么。当一切逝去以后，才会明白什么叫珍贵。

我回家一趟几个弟弟妹妹也很高兴，建议一起游历附近的草原。我问母亲，今年开春以来您出过远门到草原上走走吗？母亲摇摇头。我说，那您和我们一起去草原上散散心吧。母亲不是很情愿地跟着我们去了草原，她说她还有好多活儿呢。当我们一行驱车来到伊犁河对岸乌孙山上的阿吾利耶峰下（意为圣人峰。现在旅游兴起，不知是谁很随意地把这座古老山峰名字译为白石峰，毫无特色），这里正是绿草茵茵，百花盛开。我和几个弟弟准备驱车到雪峰下留影。那里太冷，怕老人家着凉，就让母亲留在景点。刚宰了一只羊，几个弟媳妇忙活着张罗煮肉炖菜。当我们从雪山下来时，母亲手捧一束鲜花，告诉我是她刚才从山坡上采摘的。我的心不由得怦然一动，当年北京崇文门街头绽开的鲜红的石榴花霎时在我眼前闪现。善良的母亲，她到现在都这样喜爱鲜花，那是一个怎样美丽的心境！在这个世上，只有心境美丽的人才会懂得鲜花，发现个中最为朴素的美。我以为，这一趟全家出游草原，最大的收获就是母亲采摘了这一束鲜花。

翌日清晨，阳光灿烂，又是一个明丽的日子。母亲捧着一个水晶花瓶给我瞧，那里插满了她昨日从草原亲手摘回的鲜花，插在水晶瓶里浸着水，那些花儿一夜之间一朵朵地已经怒放，母亲望着花儿一脸的喜悦和满足。

2010. 6

右玉丰碑

哥哥你走西口，小妹妹那个泪花流……

一句动情的歌词，唱响了一个地方——从传唱久远的这首深情幽怨的歌中人们记住了西口。但是，不一定每一位听众都了然右玉方是西口原乡。还有一点，许多久居京城的人，也不一定明了右玉又是北京的上风上水之地。

七月下旬（21—24日），《中国作家》全体人员赴朔州、右玉采风学习。当我们穿越一片雨区进入朔州，迎面扑来的两幅标语令人震撼："把风沙挡在朔州，把清风送往首都"；"把污染治理在朔州，把清洁水源送往首都。"何等豪迈气派、博大情怀！朔州人是这么说的，也是这么做的。市委常委、市委宣传部长郭健的介绍栩栩如生。

朔州下辖右玉等四县两区，在山西省是产煤第一大市，年生产、洗选、发运能力在两亿吨以上。自 2006 年开始整治地方煤矿，由当时的二百零五座，减少兼并到现在的六十七座，提升了机械化采煤率和单井产量。他们致力于做足清洁能源和新能源发展大文章，让电力产业脱胎换骨（在北京的每五只灯泡中，就有一只是被朔州的电点亮的）。一方面，着力建设节能环保型燃煤电厂，大力发展新型清洁煤电发展项目。另一方面，积极发展风电、太阳能等清洁可再生能源发电项目。走出"黑色经济"（依赖煤炭）阴影，加快"低碳经济"步伐，实现"绿色经济"转型，走出了资源性地区可持续发展路子。他们的目标是让绿色成为朔州发展主色调，以京津风沙源治理、退耕还林、三北防护林、天然保护林工程和炭汇造林为重点，严格实施以煤补林，要求所有煤矿必须做到挖一吨煤种一棵树，确保生态修复。同时，实行大规模造林、大苗栽植、连片治理。每一片造林工程面积须达到三千亩以上，且尽量选用大规格苗木，做到一次栽植、一次成活、一次成林、一次成景。

近年来，朔州每年筹资十亿元，植树三十三万亩，增加林木绿化率 2％。市区和每个县区都有万亩以上成片造林绿化工程，而且规模逐年扩大，初步形成十个万亩以上生态示范公园。2009 年年底，全市林木绿化面积累计达到四百万亩，林木绿化率 26.6％，林草面积占国土面积的近 50％。朔州人响亮地提出，让城市走进森林，让森林拥抱城市。的确，在这一方土地上，走到哪里都是满眼绿色，树木葱茏，青草依依。在朔州城西二十万亩西山森林公园中徜徉，我们沉浸在一片绿色海洋中。驱车不远又进入在建中的金沙植物园，依然让人震撼不已。望着眼前的绿色世界我问郭健部长，听说右玉那边植被不错。他说，是不错，但是没有一棵自然生长的树，全是人工栽植培育出来的。

翌日，我们穿行在一片绿色中抵达右玉。

右玉是一个边塞古县，也是北衔毛乌素沙漠的前沿屏障。右玉山地又是黄河和海河的分水岭。这里地势南高北低，平均海拔在一千四百米以上。往北的水系流入黄河，往南的水系流入海河源头桑干河。而桑干河上游支流恢河、黄水河、七里河、源子河均发源或流经朔州境内。桑干河也是历史上的无定河。现在它汇入官厅水库后，成为永定河，最终将汇入海河，奔向大海。绵延千里的桑干河滋润着两岸晋、冀、京、津焦渴大地。

早在五十多年前一位外国专家曾对右玉下过结论："这里根本就不宜人类居住。"的确，历代战火频仍和人为破坏，加之风蚀沙侵，使这里变得一片荒芜。右卫堡古城墙虽高出三丈六，迎风的北面依然被沙龙攀上了城墙，变成了一道横亘的沙梁。昔日的民谚述说着这一方天下的荒凉和当时黎民百姓生活的艰辛。"一年一场风，从春刮到冬。白天点油灯，黑夜土堵门。在家一身土，出门不见人。"全县只有零星的八千亩残林，森林覆盖率仅有 0.3%，难以抵御风沙威胁。"今日把种下，明日把籽丢。"足见风沙的肆虐无度。于是出现了"男人走口外，女人挖野菜"的凄惨景象。不行了走口外，哥哥只能走西口，而妹妹只能幽怨地泪花流。

不过，我们在右玉县委常委、宣传部长张祥陪同下，登上县城南边的小南山森林公园时，极目望去，郁郁葱葱的森林一片连着一片，望不到尽头。绵延起伏的山脉和丘陵青翠欲滴。我在江南多次领略过这般翠绿世界——那是一种不可思议的绿。习习凉风穿越山顶凉亭，比起京城的酷暑，简直是一种置身天然氧吧的享受。忽然，一只山雉走近凉亭，大家欢呼起来。是的，在人工培育的森林中，已经出现山雉这样的野物，等于这片森林开始具有了灵性。导游小刘一脸喜气不无骄傲地说，林子里还有野兔、狍子、黄羊、獾和刺猬呢。显然，她对家乡的一草一木充满深情。那只山雉踱来踱去，并不畏惧走动的人。几辆汽车驶来，或许它厌倦尾气，倏然展翅飞去，在阳光下向我们炫耀着绚丽的羽毛。其实，它就是这方山神，眼下它重新隐入漫山遍野的森林，开始了它新的故事。

令人感动的是，建国以来十八任右玉县委书记坚持不懈地带领全县人民植树造林已成为一方美谈。第一任书记张荣怀就提出："右玉要想富，就得风沙住；要想风沙住，就得多栽树；要想家家富，每人十棵树。"他在任期内组织了四次爱国造林竞赛活动，拉开了绿化右玉的历史序幕。经过一任又一任书记传承和延续，要想摆脱风沙制约，必须植树造林的理念在右玉早已深入人心，并成为他们的实际行动。老少几代人艰苦卓绝地植树造林，终于创造了人间奇迹，幻化出"右玉精神"。显然，大自然可以被人为破坏，眼前的现实证明同样也可以人工修复。尤其时下在商机、金钱和政绩的重重诱惑和驱动下，开发之声喧嚣无比，这方百姓却在吃尽了历史开发的苦头后，终于坚定了意志，泰然处之，种树种草，重建家园，一锹一锹地种出一百五十多万亩森林。将梦中的绿色披在了家乡的荒山秃岭、裸露的河滩、流动的沙丘之上。右玉已然成为新生的绿洲，森林覆盖率达到50%，生态环境得到恢复。真是不可思议。现在，由于绿色，右玉县被国家环保总局命名为"国家级生态示范区"，被联合国授予"最适宜人类居住的地方"。也就六十年光景，这里的确发生了天翻地覆的变化。时光能够检验一切，原来只需一个甲子，一方天地便可以改换颜貌。毁也在人，成也在人。县文联主席郭虎说，打小看着父母植树，从戴上红领巾起自己植树，有了孩子再带着孩子植树，这就是一家人的植树史。每个右玉人都是这样走过来的，还会这样走下去。

走下小南山，我们来到植树造林纪念碑前，那上面镌刻着每一任县委书记的事迹和每一位植树造林英模人物的名字。我以为，这就是右玉的历史丰碑。我们在丰碑前合影。作为京城的一名普通居民，在呼吸着每日的清新空气，饮用着甘甜的水时，我会自然想起树着绿化丰碑的这方上风上水之地。

在这座绿化丰碑不远的地方，我们《中国作家》全体员工庄重地种下了一片小树，浇上了一桶水。当这些小树长大时，在这里会立起一片文学林，续写绿化右玉的西口新歌。

2010.11

山高水长

山多高，水多高。这是一句俗话，却是源于自然界的客观事实，也是自然规律。我多次经过滦河，也曾经过辽河。但是，除了在地图上偶或注视过标明这两条河流的蓝色细线，思绪再没有往深处延伸过。比如说，这两条河源自何处，全然不知，也不曾想知道它。

去年七月中旬，首次来到河北省围场满族蒙古族自治县塞罕坝，才有了一个意外的收获。那天清晨，我们在导游孙燕带领下，游览了辽河源头。那是一片湿地，一条细水从这里匆匆流去。水流清澈，汲取了这片绿色草地的精华，义无反顾地奔向远方。草地上开满了金灿灿的金莲花，那是一种产自这河源地带的特产。导游说，再过一些日子，人们就会采摘这些金莲花，晾干以后可以泡茶喝。它是一味去火温补的中草药。

　　来到七星湖畔时，下起了毛毛细雨，天地间一切变得湿润起来。起初，我们打着伞欣赏这一片湖泊的雨中即景。不一会儿，雨住了，云开日出，又是一番别样的景色。大小湖泊被郁郁葱葱的森林环抱，蓝天白云映照着湖面，煞是动人。孙燕告诉我们，塞罕坝以七星湖东边的山为分水岭，那边是西辽河源头阴河，这边是滦河源头支流之一羊肠子河，它将汇入吐力根河，最终汇入滦河。这满山遍野的森林几乎尽是人工栽植的。1962年以来，一代又一代机械林场员工用生命、心血和汗水培育浇灌出这漫山遍野的森林。其实，塞罕坝自古水草丰美，森林茂密，是飞禽走兽繁衍的天然名苑。在辽、金时期，被称作"千里松林"，属皇帝狩猎之所。康熙二十年（辛酉，1681年），在平定了平西王吴三桂、平南王尚可喜、靖南王耿精忠的"三藩之乱"后，康熙大帝巡幸塞外，看中了这块"南拱京师，北控漠北，山川险峻，里程适中"的漠南蒙古游牧地，设置了"木兰围场"。"木兰"，满语"哨鹿"之意，汉译乃"哨鹿设围狩猎之地"。这里当年植被很好，康熙大帝把这里作为四季猎苑的同时，在此集结和训练皇家军队，率军亲征，剿灭准噶尔部噶尔丹·策零，打下了大清一统天下。随着清廷衰微，同治二年（癸亥，1863 年）清政府开围放垦，随之森林植被遭受破坏。后来又遭日本侵略者的掠夺采伐和连年山火，原始森林几近荡然无存，塞罕坝地区在百年之内退化为高原荒丘。到解放初期，大部地区已是一片"飞鸟无栖树，黄沙遮天日"的荒凉景象，环境变得极为恶劣。不过，经过四十多年前赴后继地植树造林，这里环境得到彻底改变，已经恢复了元气，形成了局域小气候。现在塞罕坝有林地面积 106 万亩，森林覆盖率 75.2％，其中人工林 75.8 万亩，天然林 30.2 万亩。而这一切又为两条河源保住了充足水源。的确，七星湖湿地上，居然生长着一丛丛的贝母，茎秆颀长，花蕾含苞欲放。一望无际的绿色草海，被山风吹拂得泛起千层绿浪，与那边湖水波纹谐趣相生，展示着这方山水的生机与活力。

水是生命之源。在离京畿如此相近的地方，居然静静地躺着两条河的源头，这让我振奋不已。辽河流向辽宁，被称为辽宁人民的"生命之河"，也是我国七大河流之一。由于沿岸城市密布，重工业企业众多，又受季节性气候影响流量不均，常年流量较少，多年来污染影响严重。一度成为我国七大河流中污染最重的一条。1996 年，被国务院列入重点治理的"三河三湖"工程。2008 年年初，辽宁省政府提出，三年时间让辽河告别劣五类。经过两年多艰苦治理、大量投入，提前一年实现目标。我想，塞罕坝上的森林草原，也在为辽河的治理做出默默的贡献。

滦河流经承德、迁安，最终由滦县境内汇入渤海湾。二十世纪七十年代末，天津遭遇半个世纪以来最严重的水荒。由于经济迅速发展，城市人口快速增长，生活和工业用水需求急剧加大，而天津主水源海河的上游由于修建水库、农田灌溉、水源地水量减少等诸多原因，流到天津的水量急剧减少，造成天津供水严重不足。1981 年 8 月，党中央、国务院决定兴建引滦入津工程。1982 年 5 月 11 日，引滦入津工程正式开工。这是一项跨流域引水的大型供水工程，1983 年 9 月建成。整个工程由取水、输水、蓄水、净水、配水等系统组成。自位于河北省迁西县滦河中下游的潘家口水库放水，沿滦河入大黑汀水库调节。最终分两路进入天津市：一路由明渠入北运河、海河；另一路由暗渠、暗管入水厂。输水总距离为 234 公里，年输水量十亿立方米。引滦入津工程成为天津的生命线，迄今累计向天津城市安全供水近二百亿立方米，从根本上扭转了天津缺水的紧张局面。我在七月中旬随全国政协考察团赴天津考察期间，也曾观光海河夜景。海河两岸一片灯火辉煌，人们在河

256

堤公园纳凉消夏，河面上游船往来如梭，一片繁荣祥和景象。天津人民提起海河无不为这"母亲河"感到骄傲。或许，其中的一滴水是源自塞罕坝眼前的这一汪湖泊。不过，随着引滦沿线经济社会的快速发展，引滦水源保护工作面临的问题日益突出。天津市明智提出力争在本届政府任期内有效遏制引滦上游水质恶化趋势，由相关部门加大水源保护工作的资金支持力度，实现水源地水生态系统良性循环，确保城市供水安全。据信，自引滦工程投入运行以来，已累计向天津、唐山、秦皇岛三座城市及滦河下游地区供水三百多亿立方米，产生了巨大的社会效益、经济效益和生态环境效益。

今年八月初，我又一次来到塞罕坝，再度来到滦河之源。不想在这里巧遇民政部窦玉沛副部长。他说，是天津市相关部门来看望滦河源之地，送来百万元慰问金。饮水思源，这是中华民族的美德。在我们已经认知环境影响一体化的时代，水源地保护自然涵水、蓄水、净水机能，而下游用水地念着水源，上游与下游互动互助，共享共赢，才符合今天这个时代人与自然和谐相处的要求。

2010.11

阿勒泰，天下无处寻觅

"故土啊，像阿勒泰这样的地方，天下无处寻觅（Agha jay Altayday jer khayday）。"

这是阿勒泰哈萨克人代代传唱的一首歌。歌声委婉幽怨，如泣如诉，充满一种深情和某种哀伤。那也是缘自阿勒泰这方土地的神奇魅力，浸透了这方山水所经历的历史风雨。这便是哈萨克民歌《阿嘎加依》。

阿勒泰其实是一座自东向西，逶迤而去的浩荡山脉。在哈萨克语中分为上阿勒泰和下阿勒泰。上阿勒泰是现在的青河县、富蕴县一带。因为两条河发源于此，虽不是上风之地，却是上水之源，故此得名。

乌伦古河的源头青河便发源于青河县境，这里又是我国的"河狸之乡"。

额尔齐斯河的源头喀拉额尔齐斯河，发源于富蕴县境。

两条大河浩浩荡荡，自东而西，一路奔来。乌伦古河汇入福海县境的乌伦古湖，形成大小两湖——吉利湖（暖湖）和乌伦古湖（浩淼水泊），便就此止步，形成了一片汪洋恣肆的水天世界，辽远无际，令人心旷神怡。而额尔齐斯河，一路朝西，在接纳了喀拉额尔齐斯河、库额尔齐斯河、克朗河、布尔津河、哈巴河、阿勒卡别克河、布列兹河七条支流后，逶迤西去，汇入斋桑泊，最终汇入鄂毕河，浩浩淼淼，一路奔向北冰洋，是我国北冰洋水系的唯一一条河流。在生态环境影响一体化的今天，我们对北极这个调解北回归线以北气候带的冰盖，也在默默地送去一条水流。

我第一次与额尔齐斯河相遇，那是在1976年初冬。其时（10月15日）按说那只是深秋，在魔鬼城附近的乌尔禾一带还能见到冻枯的稀疏叶片在树梢上瑟瑟发抖，越过和什托洛盖却忽然进入了一片冰天雪地的皑皑白色世界。傍晚抵达坐落在布尔津河和额尔齐斯河交汇处的布尔津县城，已经寒冷异常。

那时候县城很小很小，房屋低矮，唯一的县政府招待所，是一栋红砖砌就的筒子房。外面西风猎猎，雪尘飞扬。我们离开招待所穿越雪幕，来到友人家做客。屋里砌着一个庞大的土炉和一座连体火墙。那上面烤着白天被雪浸湿的几双高筒马靴、毡袜。加上从外间锅灶上溢进的冬宰熏马肉煮熟后的香味和我们酒杯中散发的烈酒芬芳、莫合烟的烟雾，已经是五味杂陈，令人昏昏欲醉。

席间，一位朋友讲起发生在这里的一则故事。在一个冬天，有一位牧人在外喝得尽兴回到家中，浑身冒汗燥热不已，便对妻子说道：老婆老婆，快去把圈里黑母牛背上的披毡揭了，不然它会热死的。他老婆嘹嘹着出门照办了。结果，第二天早上一觉醒来，黑母牛早已冻僵了……

瞧，足见这方天下的严寒威力。

今年八月中旬，我们参加大自然文学笔会的一行作家来到了布尔津，在这里启动开幕仪式，作家们却被这座恬静、安谧、花园般的小城倾倒。我们到达喀纳斯、白哈巴、福海，饱览了阿勒泰山如梦如幻的壮景，游历了额尔齐斯河和乌伦古河流域，在福海吉利湖乘风破浪驱向海天一线处，嗅着迎风扑鼻而来的阵阵鱼腥味，领略了阿勒泰迷人的夏天。

1977年夏季，我曾从布尔津县城附近的老码头横渡额尔齐斯河。应当说，从这里往西便是下阿勒泰。当时正值阿勒泰山深山冰雪消融——雪水汇入河流——额尔齐斯河涨水季节。不过，涉水时在岸边看似河水平缓，游到中流方显出它的湍急，尤其潜流的力量竟是那样诡秘。我以青春的力量搏击湍流，与潜流较量着劈出一条长长的斜线，终于似一条鱼儿游到对岸下方。

额尔齐斯河与乌伦古河的确有着一种神奇的力量。她们让早期的人类充满无尽遐思，丰富了无论是东方还是西方的神话传说内涵。被称之为历史之父的古希腊希罗多德，在其《历史》中记载了希腊、波斯、黑海、地中海、北非、阿拉伯、红海，乃至中亚、印度历史与典故的同时，对于这一方被他称之为极北地区，只能以传说的方式予以描述。他的故事来自属于塞人的伊赛多涅斯人，也即被我国汉文献后来记载为乌孙的哈萨克先祖讲述的关于"独眼族"和看守黄金的格律普斯的故事，并把这些"独眼族"称之为"阿里玛斯波伊人"。当然，希罗多德坦言，这些故事他也不是直接从伊赛多涅斯人那里听来[①]，而是从斯奇提亚人那里听来的。他说斯奇提亚人又被称

---

① 以当时的历史和交通条件，他也无缘接触。

为撒卡依人①，因为波斯人是把所有的斯奇提亚人都称为撒卡依人的。显然，这一方土地给地理学尚未形成的早期人类，留下了充分想象的空间。而在希罗多德之前的五个世纪（公元前九世纪），荷马在其史诗中也有对极北地区的描述。

早期的人类文献充满了对未知世界的敬畏与迷惘，显现出人类智慧处于同一发育时期，对未曾涉足地域和未曾领略的族群做出种种猜测与主观臆断。包括在《山海经》中反复出现一目国、一目人；《淮南子·地形篇》也有关于一目民的记载。显然，那时便有虚拟世界——连乌伦古湖大小两湖似这一方大地的眼睛，双目照天，何况人乎。应当说，那是人类尚处于神话时代的记忆和描述。因此，在《山海经》中会反复出现奇肱国——那儿的人只有一条胳膊，却有三只眼睛，眼睛有阴有阳，阴在上，阳在下；柔利国——那儿的人生就一条胳膊一条腿，膝盖是向外反卷的，脚心也反卷朝上，像是折了似的；一臂国——一臂国的人只生有一条胳膊，一只眼睛，一个鼻孔；三身国——三身国的人长着三个脑袋三个身子；鬼国——鬼国的人都只生一只眼睛。如此这般神奇描述。

但是，无论是东方或是西方的讲述者，他们都对这一方土

---

① 塞人，亦作塞种人。

地充满憧憬与念想。应当说，那也是阿勒泰山与额尔齐斯河、乌伦古河和乌伦古湖的魅力所在。

额尔齐斯河在早期汉文献中称作曳咥河（《旧唐书·突厥传》《新唐书·突厥传》）。《元史·太祖纪》作也儿的石河；《元史·宪宗本纪》作叶儿的石河；《元史·武宗本纪》又作也里的石河；《元秘史》（《蒙古秘史》）作额儿的失河；《水道提纲》作额勒济斯河。《史集》述及也儿的石河是乃蛮人属地。乃蛮人经常与克烈王汗发生纠纷，互相敌对。后来，成吉思汗征服克烈王汗崛起，1204 年春季在沆海山（杭爱山）将自阿勒泰山而来的当时强大的乃蛮太阳汗擒杀。

1206 年铁木真在斡难河源头建起九游白旗登基称为成吉思汗，遂发兵复征乃蛮。成吉思汗率军越过额尔齐斯河，擒获正在兀鲁塔山狩猎浑然无知的乃蛮不亦鲁黑汗（卜欲鲁罕）。避入此境的太阳汗之子古失鲁克汗（屈出律罕）和篾儿乞惕君主脱黑台别乞（脱脱）遁入额尔齐斯河河套密林。1208 年冬，成吉思汗复又越过额尔齐斯河，再征脱黑台别乞及古失鲁克汗。脱黑台别乞中流矢而亡，属下来不及掩埋其尸骨，被其随从臣仆仓促割下首级远遁而去。古失鲁克汗则躲往西辽哈剌契丹古儿汗地区（在多年以后终将被征服）。成吉思汗由此彻底奠定了在草原地带的霸主地位，开始转而征掠金地。后来，成吉思汗西征期间曾驻牧于此。

1221 年 8 月，长春真人丘处机西行至此，在水草丰美的乌伦古河畔休憩了几日，使疲惫的马匹和拉车的辕牛恢复体力。丘处机诗兴大发，连作了三首七绝：

八月凉风爽气清，那堪日暮碧天晴。
欲吟胜概无才思，空对金山皓月明。

金山南面大河流，河曲盘桓赏素秋。
秋水暮天山月上，清吟独啸夜光球。

金山虽大不孤高，四面长拖拽脚牢。
横截山中心腹树，千云蔽日竞呼号。

丘处机是 1220 年 2 月上旬从山东出发，途经元大都、张家口、野狐岭，一路建观、布道、赋诗而来，要去面谒西征征程中的成吉思汗。成吉思汗此时已年过六旬，虽霸业已成，恐怕是在担忧人生苦短，思忖如何延年益寿，长居龙位大业。此时，后来的侍臣刘仲禄向成吉思汗以箭矢传书推荐丘处机，称他活了三百多年，似乎暗合龙意。于是，1219 年 5 月刘仲禄从乃蛮国兀里朵（乃蛮太阳汗故宫）出发，续行四个月，于8月间颈上悬挂镌有"如朕亲行，便宜行事"的虎头金牌，越过黄河寻见丘处机，传旨敦请。而成吉思汗正是途经太阳汗故宫在所，一路西征而去。

其实，在刘仲禄之前，后来活到一百一十八岁的札八儿火者受成吉思汗之命把隐居昆仑山（胶东半岛的昆嵛山也作昆仑山，今属烟台市）中的丘处机请出，《元史》关于丘处机的记载，也就仅此而已。

当时，蒙元、金、南宋三足鼎立，此前，金宋使臣交替去请丘处机未果，而刘仲禄作为使臣进入金宋交错之地山东诚邀丘处机，竟欣然应允。于是便有了后来的三载万里之行。

似乎这位谦称自己为山野之人的长春真人迢迢万里而来，竟是为了在成吉思汗面前道一句真话。当1222年4月5日成吉思汗在铁门关外阿姆河以南的行营里垂问入见的丘处机：

"真人远来，有何长生之药以资朕乎？"

丘处机回答得十分诚实："有卫生之道，而无长生之药。"

应当说，成吉思汗心悦他的这种诚实回答，遂下谕旨，对丘处机"自今以往，可呼神仙"。

看上去，丘处机西行东返，来去三年多（实跨四个年头）光景，似乎就是为了向成吉思汗禀报这一天机。

之后他们多次交流，丘处机向成吉思汗布道，道出了真谛："陛下春秋已入上寿之期，宜修德保身，以介眉寿。"并建议在河北山东之地减免赋税三年……

丘处机东返时，于 1223 年 4 月末自西路（由现今塔城一带）途经阿勒泰山下乌伦古河畔驿站。不过，他此时行色匆匆，未予赋诗，直奔三日行程之外的阿不罕山栖霞观而去。自丘处机东来至此，克烈人镇海相公（右丞相）一路往返护送。现在，他将丘处机平安送出镇海城。

对于这一段几近尘封的历史，乌伦古河是默默无声的见证者。

1221 年和 1223 年，南宋也派遣使者苟梦玉前往大都谒见太师、国王木华黎处请和。继而前往铁门关拜谒成吉思汗，试图为南宋谈判，赢得一方安宁。他也是沿着这条道来去的。当然也在乌伦古河畔饮过坐骑。应当说，中原王朝但凡在长安或汴京建都之时，均沿古丝绸之路西出阳关而行；若在北京建都，便要通过北路沿此道西行。乌伦古河便要成为必经之地。而在此前 1220 年至 1221 年间，金主遣乌古孙仲端奉国书到铁门关欲与成吉思汗乞和，亦是与苟梦玉同行路线——先去大都谒见太师、国王木华黎，留下副官安延珍在木华黎处，一路西去谒见成吉思汗。当然，乌古孙仲端的乞和要求遭到断然拒绝。

《元史·太祖纪》精彩记述了这一历史片断：

> 帝谓曰："我向欲汝主授我河朔地，令汝主为河
> 南王，彼此罢兵，汝主不从。今木华黎已尽取之，乃
> 始来请耶？"仲端乞哀，帝曰："念汝远来，河朔既为
> 我有，关西数城未下者，其割付我，令汝主为河南
> 王，勿复违也。"仲端乃归。

当然，最终金朝宣宗和末代皇帝哀宗并未做河南王，然而
金朝在 1234 年的确在河南之地终结。

其实，关于乌伦古河和乌伦古湖的记载，早见于中外文
献。对乌伦古河，刘郁《西使记》作"龙骨河"，亦即《元秘
史》"兀泷古河"，徐松《西域水道记》作"乌隆古"，也就是今
天的乌伦古河。对乌伦古湖，《元秘史》作"乞失泐·巴失海
子"，《亲征录》、《元史·太祖纪》作"黑辛八石"，《元史·郭
德海传》作"乞则里八海"，刘郁《西使记》作"赫色勒巴
实"。《史集》汉译本根据原文（qizil-bas）译作"乞失泐·巴
失"，《卡德尔哈里史册》曰"Кызыл бас"。此湖名为
突厥——哈萨克语"红头"之意，得名于该湖所产的红头鱼。

哈萨克语中的布伦托海意为灰色河套林地，其实指的是乌伦古河汇入湖水之前的河套次生林，后来延伸为地名。而乌伦古湖又分上游小海子称吉力库利，哈萨克语词义为暖水湖，下游大海子乌伦古湖，哈萨克语词义为浩淼水泊。福海之名其实产生得很晚，直到 1942 年才被命名为福海。

阿勒泰山、额尔齐斯河、乌伦古河、乌伦古湖经历的太多太多。当所有的日日夜夜过去以后，千年百年来哈萨克人依然祥和地生活在那里。《阿嘎加依》即故土，他们传唱着这首歌，还将在阿勒泰山、额尔齐斯河、乌伦古河和乌伦古湖畔一代代幸福地生活下去。

2011. 2

米兰古城遗迹

米兰古城遗迹呈现在一片被沙砾埋没的旷野上，远远望去，这里那里散落着突兀的土墙，颇有海市蜃楼般的幻觉，诉说着穿越千年百年历史空间的艰辛。从现在的遗存来看，米兰当初应是一座规模浩大的繁华城市。城市周边曾是一片良田。陪同我们前来参观的若羌县政协郭高潮副主席担任过县文化局长，主管过若羌文物保护工作，对米兰遗迹和米兰文化颇有研究。据他介绍，米兰遗迹灌溉水系有二十七公里长，由一条总干渠、七条支渠和许多斗渠、毛渠组成，呈扇形自南而北展开，灌溉范围东西约六公里，南北约五公里。水源引自发源于阿尔金山海拔五千多米的喀拉乔喀山喀拉乔喀河汇流的米兰河——亦即传说中的子母河。这里曾经是良田，斗转星移，沧海桑田，而今已被沙砾覆盖，成为一片铁色戈壁。郭高潮副主席说，也正是这灌溉水系引下大量的沙砾，将米兰古城周边的良田淹没，最终也吞噬了米兰古城。是的，这一点我们从发生在甘肃舟曲的泥石流灾害中似乎可以获得印证，山洪暴发，泥石流呼啸而来，所过之处瞬间被厚厚的泥沙掩埋，所有的植物和未来得及躲避的生命在劫难逃，留下的是满眼的泥泞与沙砾。他说，这沙砾稍挖下去，下面就是土质，不像别处的戈壁，一贯到底皆是沙石。而在不远处的绿洲，便是兵团农二师 46 团的田园，在这米兰古城沉寂的边缘释放着欢快的绿色信息。

一进米兰遗迹，便是西佛寺遗迹。看得出这座佛寺昔日的辉煌。郭高潮副主席介绍说，这里曾经有飞天彩绘，可惜后来都破败了。应当说这里是佛教传向中原的东路（西路是沿塔里木盆地西缘的库车一带北上东行，那边的克孜尔千佛洞等佛窟现在依然保存完好），莫高窟飞天是由这里传去的。

经过西佛寺遗迹，便是一处僧侣们的工场。郭高潮副主席说，在米兰历史上曾经有过佛教寺院鼎盛时期，最多时这里有过三千名僧人。所以，除了持戒念经，僧人们也从事不同工种。在这处工场曾发现陶片和冶铁遗址——这里是制陶和冶铁场所。在这处工场遗迹残存的那些残垣断壁之上，还有一座小塔巍然屹立其上，远远望去，宛若一头犀牛首角。看来这也是一座小佛塔，那上面当年应是雕塑着千佛龛，如今，历经千年百年日晒雨淋、风雪侵蚀和人为浩劫，这一切已经不复存在，唯有佛龛颓废的主躯孑然兀立于此。

过了这座工场，便是米兰古城堡遗迹——学界称之为戍城。其厚重的土城墙保存相对完好，四周墙体轮廓清晰。而且，从裸露的墙表可以看出昔日令人赞叹的施工工艺和建造历史年轮——非一日之作。显然，墙体是不断增高加厚的。在巍峨的墙体之上，是用一叠叠的红柳枝覆以一层层的泥和土坯构筑的瞭望与防御工事。应当说，这是典型的吐蕃风格的建筑遗迹。使我骤然想起当年在布达拉宫之上，目睹那些齐声欢唱着劳动歌谣，用杵夯实阿嘎土的藏族男女劳作的场面。布达拉宫那高耸的墙体之上，可以望见覆以一叠叠枝条和一层层泥土筑牢的浑厚墙体，便是以这种方式建成的。

在我们游览的当儿，不时有喷气式客机飞越上空。郭副主席曾经是驻疆空九军雷达团复员军人，对航线非常熟悉。他指着我们脚下的秃桩说，这里曾经是一座航标，那时候还没有卫星导航，客机飞行还要借助地面航标保持航向。所以这里立过航标，现在用卫星导航，地面航标失去意义，就拆除了。更为有趣的是，在国民党统治时期修建的公路正好从米兰遗址穿城而过，后来才把公路改建到现在的大戈壁上，保护了米兰遗址。

郭副主席指着一处土城墙坍塌之处说，这里原来还有一个瞭望孔，但是不知是谁把上面的土眉梁给扒倒了，现在就剩一个豁口。我们禁不住为此扼腕叹息。千百年来这里经历过无数次的天灾人祸，所幸的是，我们依然能够领略其昔日的辉煌。

在绿洲那边，便是延伸的台特玛湖尾，再往下走，则是已经干涸了的罗布泊。现在在那里建起了一座亚洲最大的钾盐厂。南边是铁色的阿尔金山，而在远处戈壁上，虽说是十月光景，依然升腾着缕缕岚气，315国道正从其间穿越。

明年将开工建设穿越若羌县境的第二条出疆铁路，连接库尔勒和格尔木；开建若羌至乌鲁木齐的高速公路；修建若羌机场等重大工程项目。显然，这个曾经因海路交通时代的到来，变为口袋底子的若羌，将重新焕发生命与活力，成为新的交通枢纽——连接南疆与内地的第二条交通咽喉要道。我唯一的忧虑是，在现代交通便利发达的同时，如何保护好这里千年百年的文物遗迹，把更多的历史文化宝藏留给后人。

中午，买合木提·吾斯曼县长高兴地说，过完国庆——办完楼兰文化节暨若羌红枣节，他就要去北京去协调相关部门项目审批手续。但愿他大获成功，为若羌的进一步发展带来新的动力。

夕阳的最后一抹余晖

　　我迄今出行多次有过日行千里万里之时，但是从未有过像2010年10月1日这样的万里之行。早晨我从北京出发，途经乌鲁木齐转飞库尔勒，再改乘汽车，一天之内，从天上到地上，一路狂奔，日行万里，当晚直抵阿尔金山下西域楼兰古国境内的若羌。

　　确切地说，我这次万里迢迢而来，是有多重目的。一是参加在若羌的红枣节——现在他们称之为楼兰文化节；二是参加我所作序的长篇小说《楼兰传奇》首发式；第三，也是最重要最关键的一点，来看看我父亲年轻时曾经工作生活过的地方，陪同我母亲回她的老家看看。父亲已经在 2005 年 6 月 14 日仙逝，我不可能再陪同他前来，但是我应该来看看留下他青春足迹的地方；母亲身体现在还可以出门，我应当陪同她回一趟这一方赋予她生命的土地看看。我已经五十六岁了，这是我第一次陪同母亲前来她的家乡。

库尔勒现在已经成长为一座现代化城市。由于独特的地理、资源和交通优势，库尔勒的发展速度令人称羡。库尔勒又是全国土地面积最大的自治州首府，全州 46 万平方公里。而我前往的若羌县，是全国土地面积最大的县——全县 21.23 万平方公里。从县城要到最远的一个村落，居然要走 580 公里。

现在，我们乘车离开库尔勒，一路向东而去。途经第一座县城是尉犁。尉犁在维吾尔语中称之为 Lopnur，也就是罗布泊之名。这不仅仅是地理学概念问题，其实是一个历史文化学和语言学范畴的问题。罗布泊人祖辈都在塔里木河用胡杨木刳舟以渔猎为生。他们的语言有别于维吾尔语，历来让中外语言学家着迷。为了研究罗布泊人的语言和生活习俗，十九世纪以来中外学者多次实地田野调查，纷纷著书立说，发表专文、出版专著不计其数。然而，随着时间的推移和生存环境的改变，真正保持着语言文化传统的罗布泊人已所剩无几。

　　此刻，呈现在眼前的尉犁县城则是一片繁荣的小城镇。驶出县城，塔里木河沿岸风光迷人，给这塔克拉玛干大沙漠腹地点缀出一片绿色世界，让人赏心悦目。1968 年夏季，正是"文革"动乱岁月，父亲陪母亲回她老家，途经这条路时，正好看到满载被伐胡杨木的卡车，一路绵延而去。母亲说，你父亲当时就扼腕叹息，说照这样下去，要不了十年八年，这一带就要彻底沙化。1984 年他们再赴若羌时，果然不幸被言中，这一带已然黄沙漫漫，满目荒凉。母亲几乎不敢相信她的眼睛。

　　母亲记得她当年十七岁作为新疆牧区代表团成员离开若羌赴内地参观受毛主席接见时，县委一位副书记和一位副县长带队，解放军武装护送她前往焉耆。那还是 1952 年，新疆虽已和平解放，但是这方边远之地还是不尽太平。所以每辆卡车上有四名荷枪实弹的解放军战士，一共十一辆车组成一个车队，为的是护送她一人。那时候，路况极差，车辙压过的地方浮土深陷下去，路中鼓起的凸槽，常常触着汽车底盘，发出沉闷的摩擦声。一天走上二十公里，晚上打站时，那些解放军会兴奋异常，竖起拇指说二十公里，我们走了二十公里！然而，路两边是茂密的胡杨林和荆棘、红柳丛。她需要方便时，解放军战士会在路旁的密林中给她踩踏出一块可以下蹲的空地，不然，无法进入丛林。有时会有黄羊从她身旁跑过，有时野兔会从她近前跃起。四周密不透风。她们就这样走了十一天，才走到喀喇沙尔——焉耆。现在，路面用红砖铺就，比她们那会儿好走了，但是，路两边那遮天蔽日的胡杨林和红柳丛不复存在。这一点的确让她难过。一方面是乱砍滥伐，一方面是截水引灌，塔里木河断流，罗布泊最终干涸……

不过，近年来随着环保意识的增强，国家专门成立了塔里木河管理局，统一调配塔里木河水资源，塔里木河水也可以季节性地流入下游地带。于是，野生胡杨林开始复苏，红柳也一丛丛、一片片地生长起来。沿途裸露地表日渐减少。显然，对于生态环境最大的破坏者和最强的捍卫者都是人。

我父亲 1950 年由新疆省干校分配到若羌县工作时，他随着商旅骑着骆驼从喀喇沙尔——焉耆到若羌这个遥远而又陌生的地方整整走了一个月。可以想见他老人家那时所经受的艰辛。当然，那个时代的人，一切乐在其中。现在，我们不知不觉就行程过半。一条与公路并行延伸的红砖铺就的老路就在眼前。路旁立着两座碑，一个上面刻有"自治区级文物保护单位——原 218 国道砖砌路段"汉文、维吾尔文字样；另一个上刻有"世界上最长的砖砌公路"字样。一条平坦的国道就在近旁，时不时有车辆风掣电掣般开过。再有两个多小时，我们就可以抵达若羌。真是不可思议，当年的畏途已成为坦途，时间和空间也已极度浓缩。

从这里继续前行，我们不时地与塔里木河相会。塔里木河水静静地流向远方。眼下它虽然无力滋养出新的罗布泊，却使沿途成片的胡杨林一派生机盎然。胡杨林对于地下水的吸收是在离地表二十五米处都可以达到，但是随着地下水位的下降，胡杨林根须对地下水的汲取就逐渐无能为力了。地下水位一旦下降到离地表五十米，胡杨林就会成片枯死。而眼前的胡杨林向我们默默诉说着所经历的从危在旦夕到转危为安的真实故事。当然，自然的自我修复能力的强大是难以想象的，关键是人类要给予它自我修复的喘息空间。

天色渐渐暗了下来，太阳向西边的云际缓缓隐去。我忽然觉得，那颗夕阳就像我父亲的眼睛。他看到我正在走向他留有青春足迹的大地，慈祥地望着我，于是，满意地缓缓闭目沉向大地。我望着渐渐沉去的夕阳，心底涌起一股暖流。当然，这只是我心底的秘密。我摇下车窗，行进间拍下一组夕阳照片。我要留住父亲注视人间的目光。我看到那目光光芒四射，照我心田。

那年，妹妹电话告知父亲病危。我即飞往伊宁。赶到医院时，父亲已经处于深度昏迷状态。已经给他上了呼吸机，鼻孔也插着输氧管。我看着这一情景，心底却是出乎自己意料地极度平静。父亲是一个刚强的人，他的这一特性融入我的血液，我和他一样，从来不会向困厄低头，人活着就是要征服任何困厄。妹妹就是这个病房的主任，她是心血管医生，父亲之所以能够一次次度过生命的险关，全凭了妹妹精心治疗呵护。父亲此前也对我说，我能平安活到今天，全靠了你这个妹妹。

眼前面临一个困境：医院新建的病房与妹妹管辖的南楼病区之间楼道衔接的通道门大小不一，医院配置的血液透析机推不过来，而在当时这家医院却没有便携式透析仪。父亲双腿浮肿，他在呼吸机的控制下艰难地呼吸着。如果血液透析，生命还能延长，或许还会有生命的奇迹出现；如不透析血液，父亲已经处于生命的边缘。我问，从哪里可以搞到便携式透析仪？他们告知，在这座城市没有（就在这一刻，我深切感受到这就是地区差距，那是一种切肤之痛的感觉，令我久久不能释怀），只能从乌鲁木齐新疆医学院附属医院调用，当然要承担相关费用——包括操作医生的往返机票。我说，花多少钱在所不惜，报销不了我自己付，只要能让父亲从生命的困境中摆脱出来，就要尽一切努力。

医生当晚从乌鲁木齐飞来。他很敬业，从机场直奔病房立即投入抢救工作。便携式透析仪果然轻巧灵便，我看到父亲的血液静静地流向透析仪，在那里被小小的离心泵分离出液体重新回流到体内。经过通宵达旦的透析，父亲双脚上的浮肿消失了。翌日清晨，阳光灿烂，父亲的呼吸也渐趋平缓，几乎恢复到一种自主呼吸的状态。生命的奇迹即将出现。我看到父亲的胡须冒出了一层新茬，我用我的电动剃须刀给父亲剃须。我的动作很慢也很谨慎，尽管是电动剃须刀——应当说万无一失，我依然怕弄疼了父亲或剃伤他的皮肤。让我感动的是，随着剃须刀的走向，父亲的嘴唇在轻轻地顺势撇动，做出一种只有男人才会有的配合。天！父亲在深度昏迷状态下依然有知觉！他心底里明白是我在他身边！当我剃完父亲的胡须，我看到一滴晶莹的泪珠溢出父亲紧闭的右眼，凝挂在眼角。我吻了吻父亲温热的额际（他的高烧短暂退去），我说，爸爸，是我，是我在您身边。父亲的嘴角微微翕动，似在回应着我。我轻轻抹去了父亲眼角那颗晶莹的泪珠。我又把父亲双手和双脚的指甲剪净。我相信父亲的四肢此时一定很舒服。当又一个黎明来临时，父亲的心脏发生了室颤，妹妹和她的助手们用尽了一切抢救手段，但是，面对生命的决绝，医生们也终于无力回天。当父亲在我眼前停止呼吸的那一刻，我才猛然意识到在这个世界上我已经永远失去了赋予我生命的最亲的人！我感到一种空前的无助和孤独，连阳光都显得暗淡。我的眼泪似潮水打心底涌出，洪水般在我的双颊恣肆流淌。我一直以为我是一个铁打的人，但是在那一天，我发现我的心底原来也有最柔软的一角，此刻被无形的手深深地触痛、撕裂，那无尽的泪水就是自那个裂口涌出的。时至今日我为我自己竟有那么多泪水感到惊讶。从这一天起，泪水的记忆在我生命中刻骨铭心。

夕阳的最后一抹余晖依然映照天际。一架喷气式客机在西边的天空拖着长长的尾雾，向南飞去。那白色的尾雾被阳光镶上了金边。太阳虽然已经沉去，但是它的光芒依然照亮了天穹。

在黄昏的迷茫中，我们竟然飞驰在一片汪洋恣肆的水泽中。这就是台特玛湖（维吾尔语 Tatirkol 音译），原意为逆向湖。事实上是一个季节湖，湖水来自车尔臣河。现在虽然成泛滥之势——有一段只剩公路路面没被淹没，但是到了枯水期，这个湖也会干涸。不过，无论如何，在塔里木腹地能够见到这样一片水泽，令人欣慰。我从车窗抓拍了几张暮霭中的湖光水色。我想，这个湖也是我父亲留下过足迹的地方。母亲的车辙当然也深印在这里。她终于在 1953 年元旦那一天走进中南海怀仁堂，接受毛主席接见。母亲迄今对这一天留有美好、清晰和骄傲的记忆。

在暮色苍茫中我们终于抵达了若羌。这里就是我父亲年轻时工作过的地方——母亲的故乡。看得出这是一座正在兴建的古老小城。而如今道路开阔，路灯明亮，路旁的建筑颇具新风。我们来到楼兰宾馆，这里还在施工，第三届楼兰文化节暨若羌红枣节开幕式在即，所以他们正在夜以继日地赶抢工期。来自河北邢台的挂职干部、县委副书记康现芳和县委常委、宣传部长艾山江·阿巴拜克、副县长艾比巴等领导和《楼兰传奇》的作者王鸿儒在迎候。我们举杯共贺 2010 年的国庆，并祝若羌的明天更美好。

　　这就是我 2010 年 10 月 1 日的一天。

从学员到导师

我第一次听到"文学讲习所"（鲁迅文学院前身）这个名称，是在 1980 年 3 月中旬的一天。那天，我正好到《新疆文艺》编辑部去拜访各位老师，与他们分享我发在该刊的处女作《努尔曼老汉和猎狗巴力斯》荣获 1979 年全国优秀短篇小说奖的喜悦。我得到通知赴北京领奖，便从伊犁赶了过来，准备第二天飞往北京。而就在编辑部，我才听说我已被第五期"文学讲习所"录取。确切地说，我当时的感觉是一片茫然。我不知道"文学讲习所"是干什么的，更不知道它的历史。"文革"

爆发时，我还没有小学毕业。而"文学讲习所"早在"反右"中寿终正寝，对此我毫无所知。十年"文革"期间更不可能有谁会告诉我曾经有过"文学讲习所"（曾办过四期）。现在，随着党的十一届三中全会的召开，拨乱反正，百废待兴，冤假错案正在得到平反昭雪，"文革"极左错误正在得到纠正，文艺界迎来了又一个春天。于是，"文学讲习所"得以恢复，"文革"后的第一批——也就是第五期学员正在录取之中……我说，我不知道我被录取，还没有向单位请假呢（那时，我在伊犁哈萨克自治州党委宣传部工作）。他们说，你是新疆唯一一个被录取的人，机会难得，这也不是你一个人的事情，也是我们新疆文艺界的光荣，我们会请有关部门向你单位打招呼的，你放心去吧，要珍惜这个机会。就这样，我满怀喜悦与憧憬、茫然与忐忑，飞往北京，更不知道我的文坛之路日后将在北京铺就。在颁奖会结束以后，我被接到了"文学讲习所"。其时并没有鲁迅文学院现在的校舍，而是在香河园外左家庄朝阳区党校租用了他们简陋的校舍，一栋T字形排开的青砖灰瓦平房，后墙外便是一望无际的农田和菜地。在远处的一条弧形公路（想来是现在的东北三环）那端有一两座工厂。从18路车终点站还要走一段距离才能抵达。我的"文学讲习所"学员生活就是从这里开始的。

很快我就发现，这里是一个十分独特的学习环境。它既没有学院派那样烦琐的基础课程设置，也没有过多的理论课程，而是以讲座为单元推进的松散式教学体系。看似散淡的、毫不相干的一些讲座，却可以让你眼前豁然开朗，不啻茅塞顿开。期间穿插着写作和学员间的相互交流，真是一个绝佳的去处。尤其让我感佩的是，在这里可以不断地接触到久闻其名、久读其书、不曾谋面的那些前辈大师和真人。看着他们活生生的形象，一个个充满风采立于讲坛，或谈笑风生、举重若轻；或正襟危坐、忧国忧民，均让我生出许多激动和念想来。这激动和念想幻化为一种自身的内在力量，它就是一种自信的提升。应当说，一个缺乏自信的作家，其作品势将缺乏迷人光彩和飘逸的魅力。"文学讲习所"试图为每个学员注入抑或强化这样一种每位优秀作家本该具有的自信。我以为举办者的这一目标基本实现。

那是一个解放思想的年代，我们当时的思想受到十年"文革"的禁锢，已经僵化到了无以复加的地步。虽然作为一个初涉文坛的青年作家，自认为我们已经很有思想了，正在反思"文革"、反思历史、反思文化、反思社会、反思被扭曲和异化的人性，在不断地突破"四人帮"设置的种种文学创作"禁区"，但是，面对在这里接触到的思想的锋芒和心灵的激荡，依然感到振聋发聩、目不暇接、振奋不已。的确，这就是首都，这就是政治文化中心所特有的高屋建瓴的地位。把"文学讲习所"建立在这样一个高地，是多么的具有深邃的历史眼光！当这些从基层生活第一线而来的中青年作家们聚集在一起的时候，依托着这个特殊的时代，不断碰撞出思想的火花，激发艺术的灵感，创作出了一篇篇、一部部及至今日依然新鲜而充满活力的文学作品。文学史似乎已经绕不过它们的存在。更不要说从这一期学员中成长出了屹立于当今文坛的作家群体。我想，这就是恢复"文学讲习所"的现实和历史价值所在。

更让我喜欢的是，"文学讲习所"还有一套特殊的导师制度。它不像通常的国民教育系列的导师制度需要去考进导师的门槛，而是由校方聘请一批著名作家来做导师，由学员自由选择拜师。我记得当时校方宣布聘请了十几位导师，请各位学员自己选择愿意跟随哪位导师，我听了不无惊讶，瞧，在这里可以自己选择导师！真好！于是，我就从十几位导师中选中了王蒙先生做我的导师。我想这也是我和王蒙老师的缘分所在。记得 1973 年四五月间，我在新疆伊宁县红星公社（吐鲁番芋孜）插队后担任党委新闻干事期间，就与作为自治区文化厅"《血泪树》'三结合'创作组"成员——只有执笔权、没有署名权的王蒙先生结识。当时由我具体接待这个"三结合"创作组，为他们协调安排深入生活采访、"访贫问苦"事宜，我还要兼着他们的翻译。也就在那时，得知王蒙先生是一位作家，且因为一篇《组织部新来的年轻人》小说而受到毛主席点名，后来划为右派，后来摘帽，后来来到新疆，来到伊犁巴彦岱……我当时就对他肃然起敬，认为被毛主席点过名的人可不是一般的人。尤其我第一次看到一位活生生的作家，让我的好奇与暗念一同萌生。从某种意义上说，我下决心要当作家写出文学作品来，就与当时近距离接触王蒙先生有直接关系。在粉碎"四人帮"以后，王蒙先生开始复出文坛，他的新作不断问世。这一点更让我激动——他就是我曾经见过的一个人、一位作家——他的创作激励和鞭策着我。在他获得 1978 年全国优秀短篇小说奖之后，1979 年我和王蒙先生又同年获奖。记得在颁奖大会后的座谈会小憩期间，他对我说，人民文学出版社要结集出版获奖作品集，责任编辑让他对我的作品帮忙把把关，他就稍稍做了一些修改，不知道我能不能接受。我说这样很好，感谢您。他又以试探的口吻对我说，其实，小说写作不宜用太多的民间谚语，那样会稀释小说的感觉，还不一定能体现民族特色。我以感激的目光看着他点了点头。古人说一字之师，这何止是一字之师，是点化之师，寥寥几句话，使我对小说概念和民族特色的认知瞬间获得升华，我忽然间一身轻松，如驾轻云——似乎自此我就牢牢把握了小说命脉——当然，在今天看来那仅只是握住了我手掌心大的那一点命脉——小说的命脉比天还大呢。我觉得，我和王蒙先生在共同的地域生活过，他懂得和尊敬那里的文化，精通维吾尔语，略通哈萨克语，我们之间交流起来会有许多共同语言，更何况此前打心底我已经认他为师了，所以，自然而然我选择了王蒙先生做我的导师。记得我和师兄陈世旭一同到王蒙先生家拜访时，王蒙先生不无玩笑地说，其实，你们的小说写得都很好，我这个导师倒是个"摘桃派"。这就是他平易近人的风格，我很喜欢。一日为师，终身受益。我想，他这种平易近人的风格迄今一直在影响着我。为文首先要为人，这也是我作为"文学讲习所"学员的一大收获。

弹指一挥间，"文学讲习所"将迎来六十年大庆，我在"文学讲习所"的学员岁月也竟过去了三十年，而如今"文学讲习所"早已更名为鲁迅文学院，培养出了一批又一批作家群体，他们成为和正在成为中国文坛创作中坚和骨干，成就斐然。这几年来，我也有幸被聘为鲁迅文学院指导老师。中国传统文化尊崇师道尊严，但是，我以为在文学这条路上，只有志同道合者的共同尊严。我一向把学生看作文友，与他们进行真诚交流，我从他们身上也在汲取和学习新的东西。我相信所有与我有师生之缘的学员，都会把我视作知己朋友。这也是我的所求。

　　有趣的是，现在采取的办法是由指导老师抓阄，抓到谁谁就是你的学生；反过来说，你被谁抓阄抓到，谁就是你的指导老师。大概这也是一种与时俱进，看上去很公平。连续当了几届指导老师后，我发现这种办法也显现出其某种局限性来：第一个抓阄的指导老师选择的余地最大，学生们被选中的概率也最高，而最后一个抓阄的指导老师，没有任何选择的余地，抑或最后剩下的几位学员也没有丝毫的选择余地。所以，今年夏季，我曾在医院看望大病初愈的白描院长时建议，今后如果继续按抓阄方式让指导老师和学员互选，是否可以一轮一轮地抓阄——每一轮每一位指导老师只抓一个阄，如此往复，直至终结。这样似乎对指导老师和学员双方机会均等，会更显公平。他听了就说，好，你这个办法好，下一次我们就这样办。看来，有时候寻求一种办法也需要六十年光阴。不过，六十年韶光依旧，忠实记录着文坛风云与辉煌历程，我们欣慰地看到，在这个校园里文学新人辈出，文学之树常青。衷心祝愿中国作家的摇篮——鲁迅文学院在即将迎来新的一个甲子之际，桃李满天下，走向新的辉煌。

2010.12

秋日塔里木

一

　　秋日的塔里木一片金黄。胡杨林身披金黄伞冠，在那里静静地享受着金色阳光。沙漠也是一片金黄，在这个季节没有风沙，没有尘暴，绵延而去的沙丘一展它柔美的身姿，充满迷人的质感。我和徐刚、王必胜应塔里木油田指挥部邀请，在深秋赴塔克拉玛干沙漠腹地采油区采风，时时被满目别样的沙海景致所陶醉。

我走过许多沙漠（抑或是沙地），古尔班通古特、腾格里、毛乌素、库布齐、巴丹吉林、浑善达克、柴达木盆地、敦煌月牙泉、沙坡头、南戴河、内华达、沙特阿拉伯等。每一处沙漠都有其不同的风采。不过，塔里木依然让我震撼。这里有几经改道的塔里木河潺缓流淌。那被时光和水流遗忘的昔日河道，依然顽强地守住生命的迹象——胡杨林或密或疏，沿着那早已干涸甚或是被沙流淤塞、节节吞噬的河道沟堑伸向苍穹。有时一片片胡杨枝头已然干枯，但它印证着久远的生命辉煌，不能不令人倏然感怀。然而，更让我感动的是这条纵贯南北的沙漠公路。

这是一条世界上最长的沙漠公路。它北衔轮台县东 314 国道，南与民丰县 315 国道相接，南北纵贯塔克拉玛干大沙漠，全长 522 公里，穿越流动沙漠路段就达 446 公里。这条干道就像塔里木油田动脉，它将诸多沙海中的采油区连接起来，沿途敷设的输油输气管线，将沉睡于沙海之底的千古蓄能，源源不断地输向远方。直抵北京、上海千家万户的厨房，在那里释放为柔软蓝色的火苗，给家家户户带来温馨与祥和。这条公路自 1993 年 3 月动工兴建，到 1995 年 9 月竣工，历时两年半。这本身就是一个奇迹。然而，更令我称奇的是，通车十五年来，这条世界第二大流动沙漠公路，竟然畅通无阻。流沙黄龙也只能望其兴叹，被拦腰截斩。塔里木人的智慧已然悄无声息地融进这条公路两旁。

的确，远处的草格封沙带，草黄色芦苇、麦秸栅格虽然高出沙面尺许，但色泽与沙漠几近浑然一体。就是这些不起眼的草格，绊住了百足流沙的第一只脚。于是，便有红柳、沙棘、梭梭构成的第二道防线。千万不能小瞧这些沙生低矮灌木，正是它们并手抵足林立千里，形成了守护公路的绿色屏障。

当然，水是生命之源。

那一年夏天，一位土生土长于塔里木盆地边缘的维吾尔族诗人与我一起坐在北戴河细软的沙滩上，望着层层海浪携手涌向我们足下，热切亲吻着海滩细沙，复又依依不舍地退去，便无限感慨地对我说，你瞧，在这里水在沙上，沙在水下；而在我的家乡，沙在水上，水却在沙下。的确，这是他近乎哲人的发现。多年以后，当我此刻伫立于塔里木沙海蓦然回想起当时的情景，依然历历在目。

是的，在塔克拉玛干沙漠，唯有水的滋养才能保住生命的绿色。塔里木人沿着这条沙漠公路挖掘了系列沙漠水井，每隔四公里修建一座水井房——滴灌站，一共有104座，用密如蛛网的黑色胶皮管线，将每一滴水送到那些傲视沙海的植物根须。每年三月底至十月末，每一座滴灌站都有一户季节工来守护，精心浇灌沙漠公路两侧的植物。所以，十五年来，流沙不仅未能截断沙漠公路，倒是被这绿色屏障锁住。只是我们来得晚了，在这时，大多数守井人已经返乡。在从塔中油田返程中，我们在第 31 号水井房，遇见年轻的守护人李江波。他家在库尔勒，因守护水井房的季节工已离去，31 号水井房又是太阳能试点站，他被派来守护。塔里木油田虽是能源大户，也在积极推行低碳经济，尝试用太阳能发电来运行水井房灌溉、提供生活用电。还有一处是用风力发电的试点。最后，将采用最为适宜于这方沙漠气候自然条件的技术在油田推广使用。李江波见到我们很是欣慰。他说，晚上很冷，夜里要盖两床被子才行。水井房开着的那扇门是他的住所，里边有一个 25 寸彩电陪伴着他白天黑夜排遣寂寞。门前的树丛里有两只啄食的小乌鸡却是陪伴他的两个小生命。

而在一处沙坡上，塔里木人完整保存了一段用草格封起的沙漠护坡。为的是让更多的人了解这条沙漠公路和塔里木人的精神境界。护坡上立有两行巨幅金色大字："只有荒凉的沙漠，没有荒凉的人生。"这就是塔里木油田人的胸襟和情怀。

二

傍晚时分，我们抵达塔中油田，呈现在眼前的景象全然出乎意料，这里已是一座欣欣向荣的小城镇。房舍齐整别致，室内宽敞明亮，设施一应俱全，让人恍惚觉着置身于库尔勒、乌鲁木齐抑或是北京的任何一座居所。塔里木的风季是四、五、六三个月。那时候，风刮起来可以是漫天黑尘。晚上，我们到职工宿舍参观。应当说宿舍建得封闭度很高，有室内阳光大厅，植满了鲜花盆景，那些热带植物也在这里忘却了故土的记忆，成为沙海一员。我悄悄问队长，沙漠风暴刮来时，你们宿舍会吹进沙尘吗？

他说，进的，连我们大厅里都会是一片呛人的浮尘，只不过没有外边暴风的撕扯罢了。每一场风暴过后，他们都要从宿舍里清扫出厚厚的一层黄沙。而眼前的宿舍区却是窗明几净，通道和室内地面擦洗得光亮如镜。在宿舍区后面的篮球场上，还有人在投球锻炼。一片安宁祥和景象。

2000年春季，北京也曾经历过接连几场沙尘暴，一霎时黄尘飞扬，遮天蔽日，让人恍若置身于沙海腹地。记得1974年秋季，我在兰州大学景泰县鱼条川农场劳动，忽有一日黑风刮来，竟看不清身旁近在咫尺的同学面孔。这里是塔克拉玛干沙海深处，可以想见沙暴的肆虐狂野。

塔里木油田实行准军事化管理，这使团队精神强化，每位新成员都会受到严格训练，有利于提高生产效率，也使团队有一种全然不同的协作精神。而这一点，由在严寒降临之前的集体广播体操可见一斑。每天清晨九时（这里与北京时间相差两小时）要做集体广播操（现在做的是第八套广播体操）。他们提出，健康关怀要前移，不能等职工得了病才去关心和治疗。以人为本，体现在细微之处。是否参加广播体操，已纳入每位职工岗位量化管理目标。

清晨是愉快的。做完广播体操身着火红色工装的女工们相拥而行，把这采油区的早晨装点得充满生机。这里是年轻人的世界——到处都是含笑的生动面庞，整个塔中采油区职工平均年龄 28.7 岁。我们与其中一位姑娘合影。她叫张丽，大学毕业才来油田一年多，已成为作业班长。显然，在沙漠油田拼搏不再是男人世界的独享。她们的到来，使塔里木油田的生活变得更为绚丽。

当我们走进总控室，映入眼帘的不只是一排排跳动着红红绿绿数据线条的电脑屏幕，而是他们贴在环形玻璃墙幕上的绿色风景照。那上面镶嵌着辽阔的大海、海岸挺拔的椰林、绽放的花朵、绿色的草地。在黄沙漫漫的塔里木腹地，每天工作抬眼望着这样的绿色情景，或许会让人的心情绿色起来。

在总控室前，我们看到一块充满温馨的亲情板。上面都是油田职工家属写来的家信和思念、鼓励的话，还贴着职工家属照片。一双双温暖的目光注视着这里的亲人，洋溢着一种人间真情。总控室窗外便是作业区一角。在这里要把从采油区井下输来的流体，分类为油、气、水、轻烃、淡化水，同时发电和供热。一切都是自动化操控完成。

我们一行辞别总控室年轻的群体，迎着清晨的阳光登上7号水平井高台，塔中油区管理枢纽尽收眼底。高台上立着一把石斧雕塑，象征着塔里木油田人在死亡之海开辟出油田，有一种开天辟地的感觉。近处是人工栽植的沙生植物园，占地4700多亩，已经开始改善局域小气候。那一丛丛的沙生植物，在享受着清晨阳光的沐浴。

不远处便是塔中一号油井。这口油井是塔里木油田第一口水平井，被誉为"塔中第一井"。1995年1月1日开始试采，初期日产原油1250吨，截至2008年10月8日，累计产油117.06万吨、采气3.41亿立方米。单口井为国家创造了巨额财富。现已停产，留作纪念。在蔚蓝的天空下，花岗岩制作的"塔中水平一井"纪念碑屹立在昔日的井旁，碑文叙说着塔中第一井的历史。漆着红漆的钢铸井口兀立在那里，像一个阅历丰富的长者，正在默默注视着身边发生的日新月异的变化。

三

想象得出塔里木河雨中即景吗？

那天，我们的车正是在雨中抵近塔里木河的。我们索性在桥上下了车，接受那塔里木河的雨淋。只见湿润的云层低垂，没有纹丝的风动，淅淅沥沥的雨点敲击在桥面上，墨色的沥青路面积蓄和映射着一片水光。雨点在河面溅起滴滴水珠，漾着微澜。在遥远的天际，阳光努力从云层稀薄处投向大地。河的两岸胡杨林已被雨脚淋湿，一些尚未染尽金色的胡杨树叶，似欲借着雨势重返绿色，每一枚叶片都显得那样鲜活生动。而在近处的洲头，有几只白鹭闲步。空中一行归雁在贴着云层列阵飞去。

湿润的塔里木河气象万千，与那几度改道干涸的河床形成鲜明的对照。其实古人早就关注过塔里木河，只是很久都误认为是黄河。《魏书·西域传》记述龟兹国时称："其南三百里有大河东流，号计式水，即黄河也。"述及疏勒国时又称："南有黄河"。《周书·龟兹传》则载："其南三百里有大水东流，号计戍水，即黄河也。"《周书·于阗传》亦载："城东二十里有大水北流，号树枝水，即黄河也。"古人也有古人的误区和局限。显然，这条奔腾不息的塔里木河让史家每每发生困惑，或许就是因了它不断地改道？

　　此刻，我们再度与塔里木河相遇时，在晴空丽日下，这条丰沛的河流舒展着婀娜身姿，两岸胡杨林披着金黄的秋叶，簇拥着这条美丽的河流。她就是塔里木盆地的生命之源。河面上有几只水鸟，洁白的羽毛点染着水流。真是不可思议，在沙漠深处水天一色，依然充满勃勃生机。几只水鸟对我们这些来自远方的客人真诚相迎——抑或心有灵犀——它们忽然飞了起来，振翅飞向我们。我立即按下快门，把它们美丽的倩影收进镜头——它们是这方河流的精灵。

　　昨天，我们乘着沙漠车，深入沙漠腹地。被晨曦抚摸的沙梁，尚未从前夜的梦境中苏醒，那些远远近近阳光未及触及的沙梁背阴，依然沉浸在梦中。一座座柔美的沙丘，绵延起伏，富于诱惑，令人充满遐思。沙漠车像一匹烈马，将我们倏忽驮上沙梁，复又抛向谷底。它呼啸着搅动了沙漠的梦境，在沙梁上轧出车道。于是，车辙与风褶交织在一起。远处沙梁的千层褶皱中不仅存有石油，更是蕴含了千种万种美丽的诗行。应当说，每一道沙丘、每一层沙纹都是阳光、空气和风的杰作。一丛红柳顽强地与沙漠抗衡，茕然孑立于那座沙丘的臂弯——它并非孤芳自赏，倒是令人肃然起敬。

　　我们辞别塔里木河，深入不远处的一片古老胡杨林，拍摄胡杨林秋景。金色的胡杨树冠衬托着洁净的蓝天，根部裸露，与红柳丛交织在一起。间或也有绿色未尽的胡杨树独自沉思。据信，在深秋树冠仍为绿色者，其根须离地下水位最近。在林中漫步，常常可以看到枯朽的老树生出新枝，顽强托举着新生命，而倒伏的树干依然具有刚性。有一句话十分形象：胡杨树千年不倒，倒下千年不死，死后千年不朽。这就是胡杨的生命力！而此刻，胡杨林正在默默迎来生命中的又一个秋天。有一位哈萨克族诗人吟哦过：秋天来了，秋天去了，在我的生命中能有一个夏天吗？……或许，这些胡杨梦想着生命中身披绿装的又一个夏天。

2010.11

马的故事

今天下午王世尧带着儿子王欢来拜年。他们依然带着那天去人民大会堂时的喜兴。1月25日下午,中国作协第一次在人民大会堂宴会厅举行在京作协会员迎春联谊会。我进去时,已经比较晚了,大家差不多都已落座。同桌的人问我领取摇奖号没? 我说没领呢。他们说快去领吧,在那边呢。我一看,是在宴会厅北侧摆开两个长台,一个在发放礼品,一个在发摇奖号。我过去领摇奖号时,王世尧突然出现在我身旁。我们互道新年吉祥。他是我过去的部下,他的儿子王欢也曾在我手下

（《作家文摘·典藏》）工作过，所以，我顺手就把我的摇奖号给了王世尧，1568 号。我说，这个号给你们爷儿俩，看你们能不能中奖。他们很高兴。

我回到座位，是李敬泽的主宾位。前几轮这个号始终没有出现，倒是王欢上去领了一次小奖，那大概是王世尧自己的号。

在最后一轮公布大奖时，拿上台的是清一色韩美林的字画。1568 号终于被公布了。王欢再次上去领奖，居然领到的是韩美林画的一匹大马（已用画框装好）。

不一会儿，王世尧就出现在我身旁，他很激动，他说，艾克，谢谢老领导，春节我去看你，送你两瓶真茅台。我笑笑说，不用送茅台，那匹马你们牵走就是了。

今天，王世尧果然带着两瓶茅台来了，那包装一高一矮，一瓶是国管局定制包装，一瓶是市场销售防伪包装。作为玩笑我给他们讲了一则故事：据说去年年底，茅台酒厂的人到北京××区抽样调研，一问，××区一年售出 6 万瓶茅台。他们立即打回电话咨询本部，答复是只给××区发了 3000 瓶茅台。显然，××区去年一年多售出 5.7 万瓶假茅台。所以现在市场上假茅台比例太高，一般场合我都不敢喝茅台。他们也笑了。

聊了一下午，临走我准备给他们一些东西，王世尧说，不用了，艾克，你给的那匹马已经足够了，我们已经挂在家里了。他说，也巧了，韩美林画那匹马的落款时间是 2011 年 1 月 18 号，那天正好是我的生日；那天人民大会堂联谊会领奖的 1 月 25 日正好是王欢的生日。

我说，这也好，一匹马，正好是你们爷俩的生日礼物。

哈萨克人有一句话，马打过滚的地方，应当留下几根毫毛。我作为他们曾经的上级，应该给他们留下一点东西。

当然，这也说明缘分所在。韩美林作画的日子是王世尧的生日；在人民大会堂领奖那天是王欢的生日；而获得 1568 号摇奖号的我本人正好属马；韩美林画的又是一匹马。于是，这匹马有了这样一个美好的归宿。

2011. 2

兔年话兔

关于兔子，哈萨克人有他们自己的认知。

哈萨克人有一句俗话：兔子互拥（khoyan kholtekhtasu）。说的是野兔子很抱团。尤其是夜里，公兔和母兔会在窝里互拥着把小兔子搂在中间，不让它们受冻。隐喻虽是弱者，却很友爱。也有另一层意思，虽然兔子互拥着，但弱者毕竟是弱者，成不了气候。身边如果有小人抱团，大可不必理会，是翻不了天的。

当然，也有一句话曰：兔蹬（khoyan tiebis）。说的是当鹰从空中来袭时，老练的兔子会倒卧在那里，伺机反抗。当鹰就要扑抓它时，卧兔会用两只后腿突然用力反蹬作以反抗。鹰为了防身扑空，它便会腾跃而起，逃离鹰爪。如果是一只雏鹰，往往会被卧兔反蹬踢中胸脯，当场毙命。说来不可思议，在鹰与猎物的角逐中，它能捕获狼、狐、黄羊、狍子，真正能够伤及鹰的却只有兔子。

显然，兔子也不是好惹的。

当然，也还有另一句话。兔子父子辞别时都会说，让我们在马鞍后刹绳上相见吧（khanjigha da kezigeyik）。意思是说，这一去指不定能否生还，或许就在猎人马鞍的后刹绳上相见——被猎人猎获。此话原意是指兔子作为弱者的无奈。不过，从中似乎也能体味出虽是弱者，却具有其视死如归的本色。

还有另一句话：兔皮好歹也能撑过年头呢（khoyan teriside bir jelgha xidaydi）。意思是说，兔皮虽薄，不名贵也不经用，却也能缓解眼前所需之急。

哈萨克人不会用兔唇喻人。

汉语中也有许多关于兔子的比喻。比如兔子称作玉兔，是月亮的象征。兔子也是光阴的象征，金乌玉兔、东兔西乌、兔走乌飞、兔缺乌沉、金乌西坠、玉兔东升等。也有反向比喻的，狐死兔悲、狐死兔泣、兔死狐悲。形容兔子狡诈——狡兔三窟、兔罗雉离。形容兔子谨慎——兔子不吃窝边草。形容兔子敏捷——势若脱兔；静如处女，动如脱兔。通过兔子隐喻世态炎凉——狡兔死，良狗烹；兔死狗烹等。守株待兔其实是指人的愚钝。

当然，对于玉兔，也有种种传说。有将玉兔指认为嫦娥的。有传为玉兔就在广寒宫里与嫦娥相伴，并捣制长生不老药的。还有传说很久以前，有一对修行千年的兔子，得道成仙。它们有四个可爱的女儿，个个生得洁白伶俐。一天，玉皇大帝召雄兔赴天宫。正当它依依不舍地离开妻儿前往天宫，来到南天门时，看到太白金星带领天将押着嫦娥从它身边走去。兔仙得知她的遭遇很是同情，返回大地后，说服妻女，将幼女派往月宫陪伴嫦娥捣药去了。也有传说玉兔其实就是后羿，嫦娥奔月后思念后羿，后羿为了和嫦娥在一起，情愿变成玉兔陪伴她，遗憾的是嫦娥始终不知玉兔就是她日夜思念的夫君后羿。学界却有一种说法认为，"玉兔"源于"於菟"——是古代楚地崇虎民族对"虎"的土语称呼。由于晋代学者王逸对屈原《天问》注解望文生义发生歧误，被后人沿用，以"兔"代"菟"；又因"於"与"玉"读音相近，"於菟"一词则被后人附会为

"玉兔"。看来，人们对于美好的事物，宁可信其有。一个讹误也因此延传了千年，还将传续下去。

不过，通常在百姓心目中玉兔是一个善良忠诚的形象。

2011. 2

那天早上下着小雨，我们从全国政协分乘两辆丰田中巴赴天津考察。我们是二号车。同车的还有关牧村、安阿玥、金宴生委员和工作人员。其他几位委员相互都很熟，关牧村却是第一次同行。当然，对于出自天津的这位歌唱家，大家再熟悉不过了，很尊敬她。

车出了北京上了京津第二高速。辞别了拥堵的车流，视野一下开阔起来。关牧村从前排回过头来问我：您是哪个单位的？我给她递去名片。她说，哦，您是哈萨克族？我知道哈萨克族。

我就对她说，您唱过许多少数民族歌曲，其中《吐鲁番的葡萄熟了》影响很大，这些歌都是施光南谱曲，可惜他走得太早了，才四十九岁。

她说，是的，施光南是个奇才。他从巴基斯坦访问回来，根据印度次大陆和巴基斯坦音乐素材，创作了一部歌剧，在家里用钢琴弹给我们听，简直美妙极了。可惜还未来得及落在纸面上，他就走了。她爱人后来见了我就说，你看多遗憾，那部歌剧和他一同永远走了。

我问她，那歌剧叫什么，定名没？她说叫《吉卜赛女郎》，音乐美妙极了，一定会轰动的，可惜他带走了。

我说，这是一篇小说。她点点头。

我说，从七十年代末走来的作曲家中，也许是我个人偏爱，只有施光南和谷建芬作的曲子最好听。她也表示赞同。

我说，从某种意义上说，一个成功的作曲家只为一个歌唱家作曲。

她说，就是的，施光南为我作了《吐鲁番的葡萄熟了》《月光下的凤尾竹》《请到青年突击队里来》……

于是，在我的耳畔便有记忆的旋律回响起来，尤其是《吐鲁番的葡萄熟了》那一声"哎……"，那一段舒缓柔美的旋律，充满了抒情的意韵。

现代畅达的交通使北京和天津的距离缩短了，在对音乐的谈论中我们便到了天津。

我们先行参观了天津市规划展览馆。应当说，这是一座新馆，里面的布局、展览设计比我之前参观过的一些城市规划展览馆更为完善、合理。尤其城市整体规划展，除了市容全貌沙盘模型，还做了分区沙盘模型；除了现在已经建成的城市道路和建筑群落外，还有已经规划好的远景建设项目模型和"十二五"规划蓝图。这一切让人看着一目了然，顿生美意。正如天津市政协陈质枫副主席后来介绍的，此馆是在他们参观了北京、上海、重庆等城市规划展览馆后建立的，所以吸收了他们所有的长处，规避了短处。从这座规划展览馆便可以看出天津的发展步伐和未来前景。虽然天津的建设起步比其他沿海城市要稍晚些，但是后来居上的气势已见端倪。显然，有时晚有晚的好处，你可以吸取前行者的成功经验，这是一种意外财富。陈质枫在到市政协任前是天津市常务副市长，主抓市政建设，他对这里的一切如数家珍，他的介绍也让我们耳目一新。有趣的是，在他常务副市长任内拆了3000万平方米旧房，于是得了一个外号叫"陈大拆"。2010年天津同时在建的大型项目就有900多个，投入资金18900亿元。为了改善天津的人居环境，甚至已经铺就了一段人工海边沙滩——天津的海滩原来是砾石和泥淖。科学发展和以人为本理念，充分体现在这里。而他们对文化艺术的推崇更令人感动。自规划展览馆门前起，就不断地有人认出关牧村，她也有熟人，在不断地热情打着招呼，很是亲切。在馆内参观时，也不断有人认出她来。这就是艺术家的魅力。连"陈大拆"副主席见到关牧村第一句话，便是紧紧握住她的手说，关老师，您是天津人民的骄傲！那种由衷之情溢于言表。

出得规划展览馆，关牧村建议在附近的意大利风情街走走。这里有很多酒吧，摆着很多露天座位。太阳伞一个个无精打采地立在那里。这会儿天阴，如果晚上无雨，这里一定是个热闹的去处。每个酒吧在临街处码出一堆堆的五公斤装铝制啤酒桶，但是至少眼下无人问津。我们很快绕了一圈返回车上。关牧村说，她在这里两家酒吧吃过饭，但她也不知道哪家的牛排做得最好。她问陪同我们的天津市政协和民委的人，他们也说不太清楚。

下午，赴空客 A320 飞机总装厂参观。这是一个宽大的双线组装厂，比我们前年参观过的上海飞机制造厂车间还要大。机身、发动机等重要器件均从德国海路运来，然后在这里订单装配生产，同时可以组装六架飞机。首先是在尾翼喷上该航空公司的标志。我们看到有一架飞机是东方航空公司的，有一架是南航的，还有两家正在初装，还没有看到尾翼。看上去有庞大的机头和机尾两大部分，再由此组装焊接成一个机体。之后装上"翅膀"，再送到喷漆车间去整体喷漆。

走马观花，匆匆看完空客 A320 飞机总装厂，便来到东丽区幺六桥回族乡。我们此行目的就是考察少数民族企业。首先参观了他们的金桥工业园区。其实，空客 A320 飞机总装厂、天津航空港和航空产业园区占用的就是幺六桥回族乡的土地。所以，他们依托航空港，做起了自己的工业园区，把贵州精工和日照辐射两大企业合资招来这里设厂，生产航空航天器材零配件。事实上他们的发展远远超出了我们的想象——完全是现代化的大型企业集团。这个乡已基本实现城镇化。失地农民被航空港和他们自己的工业园区吸纳。原来的平房也被拆迁改建为楼房，农民基本入住楼房。我们参观一个紧挨清真寺的回民村楼区，一群群老人坐在那里纳凉聊天，颐养天年，很是安详。

晚餐安排在和平食品街鸿起顺清真饭庄——当然，这也是天津市的传统少数民族企业之一。中国伊斯兰教协会会长陈广元大阿訇是我们考察团的副团长。他的到来，让这家清真饭庄员工感到很是荣光。其实，天津的清真餐饮很出名，北京的鸿宾楼就是二十世纪五十年代在周总理的亲切关怀下从天津迁入北京的，现在在京城依然独领风骚。

晚上，游览了让每一个天津人引以为自豪的海河夜景。关牧村说，自己虽为天津人，她也未曾游览海河的新夜景，便与我们一同游览。

海河有十九座桥，平均每座桥间距八百米，每一座桥都有自己的故事。但是，现在开发出来可供游船游览的是九座桥。旅游船航行在海河水面，两岸的夜景美不胜收。一座城市，因了一条河便会充满灵气。海河便是天津的象征。而同船的"陈大拆"副主席却说，海河的名片便是关老师——关牧村。显然，天津人深深懂得文化艺术的真正魅力所在。这座城市也涌现过许多享誉海内外的文化名人和艺术家，而文化艺术才是一个城市的灵魂。

图书在版编目（CIP）数据

伊犁记忆／艾克拜尔·米吉提著．— 北京：作家出版社，2015.9
（名家美文集）
ISBN 978-7-5063-8295-3

Ⅰ．①伊… Ⅱ．①艾… Ⅲ．①散文集－中国－当代 Ⅳ．①I267

中国版本图书馆 CIP 数据核字（2015）第 218825 号

伊犁记忆

作　　者：艾克拜尔·米吉提
策 划 人：罗　英
责任编辑：张　平
装帧设计：薛冰焰
出版发行：作家出版社
社　　址：北京农展馆南里 10 号　　　　邮　　编：100125
电话传真：86-10-65930756（出版发行部）
　　　　　86-10-65004079（总编室）
　　　　　86-10-65015116（邮购部）
E-mail：zuojia@zuojia.net.cn
http：//www.haozuojia.com（作家在线）
印　　刷：北京市玖仁伟业印刷有限公司
成品尺寸：130×185
字　　数：160 千
印　　张：10
版　　次：2016 年 1 月第 1 版
印　　次：2016 年 1 月第 1 次印刷
ISBN 978-7-5063-8295-3
定　　价：32.00 元